EL BARCO
DE VAPOR

El cuarto de las ratas
Alfredo Gómez Cerdá

Ilustraciones de Luisa Uribe

fundación sm

La Fundación SM destina los beneficios de las empresas SM a programas culturales y educativos, con especial atención a los colectivos más desfavorecidos.

Si quieres saber más sobre los programas de la Fundación SM, entra en
www.fundacion-sm.org

LITERATURA**SM**•COM

Primera edición: octubre de 1998
Trigésima primera edición: abril de 2025

Dirección editorial: Berta Márquez
Coordinación editorial: Carolina Pérez
Dirección de arte: Lara Peces

© del texto: Alfredo Gómez Cerdá, 1998
© de las ilustraciones: Luisa Uribe, 2017
© Ediciones SM, 2017
  Impresores, 2
  Parque Empresarial Prado del Espino
  28660 Boadilla del Monte (Madrid)
  www.grupo-sm.com

ISBN: 978-84-675-8944-3
Depósito legal: M-9181-2016
Impreso en España / *Printed in Spain*

El papel utilizado para la impresión de este libro
está calificado como papel ecológico y procede de bosques
gestionados de manera sostenible.

Cualquier forma de reproducción, distribución,
comunicación pública o transformación de esta obra
solo puede ser realizada con la autorización de sus titulares,
salvo excepción prevista por la ley. Diríjase a CEDRO
(Centro Español de Derechos Reprográficos, www.cedro.org)
si necesita fotocopiar o escanear algún fragmento de esta obra.

1

Encaramado en su trono de madera y cristal, majestuoso, engañosamente distante, el televisor encendido presidía como siempre la sala. Estaban terminando de comer y Adolfo protestaba porque quería ver una serie americana de humor con risas enlatadas que daban en el Canal Tres, llena de personajes vestidos de forma estrafalaria. Pero Eduardo, su padre, se había opuesto de forma tajante y mantenía las noticias de las dos y media del Canal Cinco.

–¡Pero si a las tres podéis ver el telediario del Canal Uno! –se lamentaba Adolfo.

–¡No seas pesado! –le cortó esta vez Cecilia, su madre.

–¡No lo entiendo! –refunfuñaba Adolfo–. ¡Siempre decís que os gustan más las noticias del Canal Uno!

Margarita, como siempre que había de segundo plato filete de vaca con patatas fritas, se había quedado rezagada. En su plato no le quedaba ni una sola patata frita; sin embargo, el filete permanecía casi entero. No podía con él, masticaba y masticaba, pero solo conseguía que la carne se hiciera una bola dentro de su boca, una bola que le era imposible tragar.

No es que ella fuese una de esas adolescentes obsesionada con su figura, al borde de la anorexia. La cosa era mucho más sencilla: no le gustaba la carne de vaca, y mucho menos en filetes. Miró a su madre con ojos suplicantes, pero Cecilia negó con la cabeza, como si no estuviese dispuesta a perdonarle ni un solo bocado.

—No te moverás del sitio hasta que lo acabes —le dijo la madre, al tiempo que señalaba con el dedo índice de su mano el plato con el filete.

–Si yo lo intento, de veras; pero no me pasa por aquí –se lamentó Margarita señalándose la garganta.

–No estamos para tirar la comida.

–Te prometo que lo intento.

–Pártelo en trozos más pequeños.

Al final, Margarita se quedó sola en la mesa.

Su hermano Adolfo, al que ya se le había pasado el disgusto, se había sentado en el suelo, sobre la alfombra, y jugaba con una especie de guerrero de plástico, que cambiaba de cara y lanzaba rayos también de plástico con un muelle. Sus padres, sentados en el sofá, permanecían en silencio, atentos a las noticias, mientras se tomaban una taza de café.

Margarita pensó que ya nadie podría librarla de comerse aquel filete de vaca. Su madre no había hecho ninguna intención de quitar la mesa, lo que significaba que estaba dispuesta a dejarla allí, peleándose con la carne, hasta que terminase. Masticó, resignada con su suerte.

«Me gustaría vivir en la India –comenzó a pensar–. Allí las vacas son sagradas y a nadie se le ocurre cortarlas en filetes para comérselas».

En ese momento, el locutor del noticiario, un joven bien trajeado y bien peinado, sentado tras una enorme mesa, leyó una noticia:

Catástrofe ferroviaria en la India: centenares de personas han perdido la vida en la India al chocar dos trenes cargados de viajeros. Uno de los trenes frenó bruscamente, para evitar atropellar a una vaca que se había cruzado en las vías, y fue embestido por el otro tren.

Margarita escuchó la noticia y contempló las imágenes terribles con la boca abierta.

«¡Esa vaca es una estúpida! –continuó pensando–. ¡A quién se le ocurre meterse en medio de las vías! Merecería que la cortaran en filetes y...».

Hizo un esfuerzo y se tragó el trozo de carne que tenía en la boca. Luego se metió otro, con un poco de rabia.

El rayo de plástico del guerrero de plástico de Adolfo salió disparado por los aires y, después de rebotar en la lámpara, fue a caer al plato de Margarita, justo encima del trozo de filete de vaca que aún le quedaba.

–¡Qué asco! –protestó Margarita–. ¡Ha caído una cosa en mi plato!

–No es una cosa, es un rayo mortífero –aclaró Adolfo.

–¡Pues ya no me comeré el filete!

Creía Margarita que su madre iba a reaccionar como siempre, es decir, reprendiendo a Adolfo por sus juegos y repitiéndole a ella que debería dejar el plato limpio si quería levantarse alguna vez de la silla.

Pero no. Se equivocó. En esta ocasión, su madre se limitó a darles un grito. ¡Y menudo grito! Adolfo y ella se miraron y se asustaron un poco.

–¡Callaos de una vez!

Adolfo recogió su rayo mortífero y volvió a sentarse en el suelo sin hacer ruido.

Margarita se metió otro pedazo de carne en la boca y comenzó a masticar a toda prisa.

Luego, observó a sus padres, que estaban muy atentos al televisor.

Fue entonces cuando Margarita escuchó aquella noticia, que leía con compostura el mismo locutor, tan bien peinado y tan bien trajeado:

Hoy se cumplen tres días desde que Jacobo, un joven de quince años de edad, fue secuestrado por unos desconocidos mientras realizaba el trayecto entre su casa y el colegio. La policía no tiene pistas, ya que según parece no hubo ningún testigo presencial del hecho, y la familia, que solo recibió una llamada telefónica a las pocas horas del secuestro, en la que simplemente se aseguraba que Jacobo se encontraba bien, espera con angustia y ansiedad que los secuestradores den nuevas señales.

A continuación se veía, sentados en un sofá, en su casa, a los padres y a la hermana pequeña del secuestrado. Una locutora sujetaba un micrófono y ellos iban hablando. Sus rostros reflejaban un dolor sin límites.

El padre, con serenidad, se dirigió a los secuestradores y les dijo que, por favor, diesen señales de vida y les comunicasen sus pretensiones, que él estaba dispuesto a cualquier cosa con tal de recuperar a su hijo; pidió también pruebas de que Jacobo se encontrase sano y salvo.

La madre no podía contener las lágrimas y solo pudo suplicar una y otra vez a los secuestradores que tuviesen un poco de piedad y dejasen libre a Jacobo.

Luego, la locutora acercó el micrófono a la hija.

–*Rocío es la hermana de Jacobo, tiene trece años* –explicó la locutora–. *¿Quieres decir algo?*

Pero Rocío ni siquiera pudo abrir la boca. Sus ojos, enrojecidos y abultados de tanto llorar, lo decían todo. Permaneció unos segundos inmóvil frente al micrófono y luego se refugió en los brazos de su madre.

Margarita, instintivamente, se llevó las manos a las mejillas y se sorprendió al descubrir que dos lágrimas le caían desde sus ojos. Estaba llorando y ni siquiera se había dado cuenta. Aquella noticia y, sobre todo, aquella chica que tenía su misma edad le habían impresionado hondamente.

Cecilia se levantó del sofá y comenzó a recoger la mesa.

–No creas que porque llores te voy a perdonar el filete –le dijo a su hija.

–No lloro por eso.

–¿Por qué lloras entonces?

–Es que... al ver a esa niña en la televisión he sentido mucha pena. Tiene trece años, como yo, y...

Cecilia miró el plato de Margarita y, a pesar de que aún quedaba más de medio filete en él, lo retiró y lo juntó con otros que había ido colocando sobre una bandeja. Luego, negó un par de veces con la cabeza, como si ella misma se estuviese diciendo algo.

–Al menos, come algo de fruta.

–Me comeré esta manzana.

Margarita cogió la manzana más colorada que había en el frutero y, con ella en la mano, se sentó en el sofá, al lado de su padre. Miró la televisión. Ahora estaban hablando de deportes y se veía un campo de fútbol en el que los seguidores de un equipo se peleaban contra los del otro; se tiraban piedras y se daban patadas y puñetazos. Algunos aficionados, enarbolando la bandera de su equipo, gritaban ante las cámaras con la cara ensangrentada.

Pensaba Margarita que no entendía cómo a sus padres podía gustarles ver el telediario, que siempre estaba lleno de noticias tristes. Tenía razón Adolfo cuando protestaba porque no le dejaban ver esa serie americana de humor, con aquellos personajes tan estrafalarios.

Se arrimó a su padre y le preguntó:

—¿Por qué crees que habrán secuestrado a Jacobo?

Pero Eduardo estaba tan ensimismado ante el televisor que no la oyó. Con el mando a distancia había cambiado al Canal Uno, justo en el momento en que empezaba el telediario de las tres. Se enumeraban los titulares del día: el accidente de trenes en la India, el secuestro de un joven de quince años, la batalla campal en un estadio de fútbol...

Margarita le tuvo que tirar varias veces de la manga de la camisa.

—¡Eh, papá!

—¿Qué quieres? —preguntó al fin Eduardo.

—¿Por qué crees que habrán secuestrado a Jacobo? —repitió la pregunta Margarita.

—Por dinero —respondió el padre inmediatamente.

–¿Solo por dinero se puede secuestrar a una persona y hacer sufrir a toda su familia? –preguntó Margarita con un poco de ingenuidad.

Eduardo la miró un instante y volvió a concentrar su vista en la pantalla del televisor.

–Precisamente esas cosas solo pueden hacerse por dinero –dijo sin volver la cabeza.

–La hermana de Jacobo tiene trece años, como yo, y han dicho que se llama Rocío.

–Ya lo he oído.

–Al verla, he sentido un nudo dentro de mí, por aquí, entre el estómago y el pecho...

–Se te pasará enseguida –la interrumpió Eduardo.

Estaba claro que su padre no tenía muchas ganas de hablar. Margarita se dejó caer hacia atrás en el sofá y dio un mordisco a la manzana. Pensó una vez más que su padre había cambiado mucho últimamente, desde que lo echaron del trabajo, hacía ya siete meses.

Recordaba Margarita cómo un día, mientras comían todos juntos, les comunicó muy contento que era casi seguro que sería nombrado nuevo director comercial de su empresa. Llevaba varios años como jefe de ventas y lo más lógico era que el puesto de director, que estaba vacante, fuese para él.

Sin embargo, a los dos días volvió a casa pálido y abatido, se dejó caer sobre el sofá, se cubrió el rostro con ambas manos y se echó a llorar. Cecilia llegó incluso a pensar que estaba gravemente enfermo y quería a toda costa llevarlo al hospital. Fue entonces cuando les dijo que no solo no iba a ser el nuevo director comercial de la empresa, sino que además lo habían despedido.

Desde aquel momento, el carácter de Eduardo había cambiado radicalmente. Era difícil verlo de buen humor, como antes. Y el paso del tiempo no parecía mejorar las cosas, sino todo lo contrario.

Al principio, pensaba que con sus conocimientos y su experiencia le sería muy fácil encontrar un nuevo trabajo, pero a medida que transcurrían las semanas y los meses y no conseguía nada, comenzó a perder los nervios y se hizo habitual oírle gritar, sobre todo después de alguna entrevista de trabajo:

–¡No voy a aceptar cualquier cosa! ¡Tengo una experiencia de años como jefe de ventas!

–Pero hasta que encuentres algo mejor... –Cecilia trataba de animarlo.

–¿Es que quieres que a mi edad y con mi reputación me ponga a vender aspiradoras de puerta en puerta? ¡He llegado a un nivel con mucho esfuerzo y no pienso bajar de ahí ni un ápice! ¡Ni un ápice!

Sí, desde el día en que lo echaron del trabajo, Eduardo había cambiado muchísimo. Margarita había descubierto de golpe cómo un trabajo o, mejor dicho, la falta de un trabajo podía afectar a las personas. A su

padre, al menos, le había cambiado por completo, y el cambio había afectado también a toda su familia.

A ella le habían enseñado desde pequeñita que lo más importante tenía que ser el cariño, y que con el cariño podían vencerse todas las dificultades que surgiesen en la vida. Por eso trataba de darle mucho cariño a su padre, porque pensaba que así le estaba ayudando. Lo malo era que el carácter de su padre no era el mismo y, aunque ella se esforzaba por mostrarse amable y cariñosa, no conseguía borrar ni durante un segundo ese gesto de preocupación que se había dibujado en su rostro.

«¡Si yo pudiera conseguir un trabajo para mi padre!», era una frase que Margarita se repetía a menudo; pero enseguida caía en la más cruda realidad: tenía trece años, acaba de bajarle la primera regla, estudiaba secundaria, jugaba al baloncesto con el equipo de su colegio... ¿Una muchacha con esas características podía encontrar un trabajo importante para un hombre como su padre?

Margarita prefería no responder a la última pregunta. Pensaba que lo mejor sería dejar a su padre tranquilo. Estaba convencida de que llegarían otra vez esos días en que la familia entera se había sentido feliz. Su padre, entonces, volvería a sonreír.

2

El profesor de Lengua se llamaba José Manuel, pero todo el mundo le llamaba Manolo. Y Manolo decía a sus alumnos que a él no le importaba mucho que se aprendiesen de memoria los temas que venían en el libro de texto.

–Leer y escribir –solía repetirles Manolo muy a menudo–. Eso es lo que yo quiero que hagáis. ¿Me habéis entendido bien? Leer y escribir.

Por eso les mandaba leer muchos libros, que luego comentaban todos juntos en clase. A veces hacían coloquios muy divertidos e interesantes sobre ellos; unos opinaban una cosa y otros lo contrario. Incluso, en una ocasión pudieron comentar uno de estos libros con su autora, que hizo una visita al colegio; se trataba de una mujer muy nerviosa, que no cesaba de moverse y que cuando hablaba se miraba los pies, como si pegada a los zapatos tuviera una chuleta donde había escrito lo que debía decir en cada momento. Al final, hicieron cola para que ella les dedicase el libro.

Y también escribían mucho.

Algunas veces, Manolo les decía que tenían que escribir una poesía; otras, un cuento o un relato, o una obra de teatro.

También a veces hacían un cómic, con sus viñetas y sus personajes siempre en movimiento.

A Margarita no le gustaba hacer un cómic porque no se le daba bien el dibujo. Si dibujaba un caballo, todos sus compañeros decían que parecía un perro; si dibujaba un coche, decían que parecía una carretilla; si dibujaba un castillo, que parecía una caja de galletas; si dibujaba una nave espacial, que parecía una lavadora vieja...

–Hoy vamos a escribir una carta –les dijo Manolo una mañana–. Escribir cartas es una costumbre que se está perdiendo. Creo que la culpa la tienen los teléfonos, los faxes, internet... y todos esos inventos. Pero os aseguro que en forma de carta se han escrito hasta libros enteros, y muy buenos.

–¿Y a quién tenemos que escribir? –preguntó uno de los alumnos.

–A quien queráis. Cada uno de vosotros puede elegir el destinatario de su carta.

Se organizó un pequeño revuelo.

—Yo escribiré a mi tía, que vive en Italia y que se va a casar con un italiano. Le voy a decir que me invite a pasar una temporada allí.

—Yo escribiré a un amigo que se ha marchado a vivir a otro barrio.

—Yo escribiré al presidente del gobierno.

—¿Y qué le vas a decir?

—Que entregue parte de su sueldo a los más necesitados. Sería un buen ejemplo.

—Yo escribiré a mis abuelos, que están en el pueblo.

—Yo escribiré a un amigo que conocí el verano pasado en la playa. No he vuelto a saber nada de él.

—Yo escribiré a Superman, que se cayó de un caballo y se quedó inválido.

Poco a poco, fue cesando el revuelo y todos los alumnos comenzaron a escribir sus cartas.

Margarita, con el bolígrafo en la mano, miraba su bloc de Lengua, abierto por una página en blanco. Parecía estar pensando todavía a quién dirigir su carta. Pero, de pronto, agachó un poco la cabeza sobre el cuaderno y comenzó a escribir con decisión:

Querida Rocío:

Tú no me conoces a mí, por eso te diré que me llamo Margarita y tengo trece años, los mismos que tú. Te he visto en el telediario, al lado de tus padres. Estabas muy triste y llorabas porque han secuestrado a tu hermano Jacobo. Cuando te vi, yo también lloré. Mi madre pensaba que me había puesto a llorar porque no quería comerme un filete de vaca; pero no: lloraba porque me daba mucha pena verte a ti, y a tu madre, y a tu padre.

Yo también tengo un hermano, pero el mío no tiene quince años, como Jacobo; el mío acaba de cumplir siete y se llama Adolfo. Está en primero de primaria. Es simpático, pero a veces es un poco plasta y se pone muy pesado, sobre todo cuando quiere que juegue con él con sus guerreros de plástico.

Pero yo no quería hablarte de mi hermano Adolfo, ni de mí tampoco. Lo que quería decirte es que me parece muy mal que hayan secuestrado a tu hermano Jacobo. Creo que no se debería secuestrar a nadie y todas las personas deberíamos vivir libremente. Espero que los secuestradores, sobre todo si te han visto a ti y a tus padres por la tele, liberen enseguida a tu hermano Jacobo.

Desde que vi el telediario, no puedo dejar de pensar en ello. La verdad es que en lo que más pienso es en ti, a lo mejor porque tienes los mismos años que yo, y supongo que irás a un colegio parecido al mío, y estudiarás las mismas asignaturas, y jugarás a los mismos juegos...

A pesar de que te he dicho que mi hermano Adolfo es un poco plasta, yo no sé qué haría si al-

guien lo secuestrase. Me sentiría fatal y me pasaría el día entero llorando.

Pero me parece que todavía no te he dicho lo que quería decirte. A veces me ocurre que empiezo a hablar, en este caso a escribir, y me olvido de lo que quiero decir. Y lo que quería decirte es que me gustaría animarte un poco, aunque ya sé que es difícil. Me gustaría ser amiga tuya, o por lo menos un poco amiga tuya, porque así podría estar algún rato contigo, y a lo mejor conseguía que no estuvieses tan triste todo el tiempo.

Como no sabía qué hacer para que tú no te sintieses tan mal, te he escrito esta carta. A lo mejor leyéndola te animas algo. La idea me la ha dado Manolo. Él nos ha dicho que teníamos que escribir una carta. Manolo es mi profe de Lengua, y a él le gusta que leamos muchos libros y que escribamos poesías, cuentos, teatro... Hoy nos ha dicho que teníamos que escribir una carta a quien quisiéramos. Yo, desde el principio, he pensado en ti.

Por favor, Rocío, no estés tan triste. Ya verás como esos secuestradores liberan muy pronto a tu hermano Jacobo. Yo lo deseo de todo corazón. Desde que vi el reportaje por la tele, no hago más que pensar en ello y, sobre todo, en ti.

Un beso de una niña de trece años, como tú, que quiere ser amiga tuya,

Margarita

Emplearon algo más de la mitad de la clase en escribir las cartas y, durante el tiempo que les quedaba hasta la hora del recreo, leyeron algunas en voz alta.

La última que dio tiempo a leer fue la de Margarita. Ella avanzó hasta la mesa de Manolo, cogió su carta y comenzó a leer con seguridad. Cuando iba por la mitad, sonó el timbre que indicaba la hora del recreo, pero nadie se movió de la silla y todos escucharon embelesados hasta el final.

Incluso, cuando Margarita llegó al final, Manolo tuvo que dar una palmada y decir:

—¡Vamos, al recreo!

Solo entonces se produjo el alboroto de todos los días. Margarita regresó a su mesa, guardó el bloc de Lengua en su cajonera y, cuando se disponía a marcharse también al patio, Manolo la llamó:

—Espera un momento.

Ella volvió a la mesa del profesor. Todos sus compañeros ya corrían por el pasillo y la clase se había quedado vacía.

—¿Qué quieres, Manolo?

—Pues... decirte que has escrito una carta preciosa.

—Gracias.

—Dime una cosa: ¿te gustaría que tu carta llegase a su destino y que Rocío pudiese leerla?

Margarita se quedó un poco confundida. A ella le había gustado escribir esa carta, y lo había hecho con sinceridad, tratando de expresar lo que sentía; pero ahora no sabía cómo responder a la pregunta de Manolo. Por eso se encogió de hombros.

—Te lo preguntaré de otra forma —dijo el profesor—. Imagínate por un momento que eres Rocío. ¿Te gustaría recibir una carta como la que has escrito?

—Sí —respondió esta vez con seguridad Margarita.

—Yo opino que todas las cartas que se escriben deben llegar a su destino.

Manolo se puso de pie y salió de clase con Margarita. Los dos caminaron juntos hasta el patio.

—Ahora mismo voy a revisar los periódicos de los últimos días, que están en la sala de profesores —dijo Manolo—. Tal vez encuentre la dirección.

Mientras se tomaba un café en la sala de profesores, Manolo revisó los periódicos de los últimos días. Consiguió su propósito con gran facilidad, ya que la dirección del muchacho secuestrado venía en todas partes. Los padres de Jacobo no quisieron ocultarla, pues tal vez pensaban que así cualquier persona podría facilitarles enseguida alguna pista. La copió rápidamente en un papel.

Cuando, acabado el recreo, los alumnos volvían a sus respectivas aulas, Manolo se acercó a Margarita, le entregó el papel y le dijo:

—Aquí tienes la dirección de Rocío. Ahora te toca decidir a ti.

3

Margarita regresaba sola a casa, caminando, pues la distancia entre el colegio y su domicilio no era grande y no merecía la pena coger el autobús.

Algunos días volvía con su hermano Adolfo. Eso sucedía solo cuando ella no tenía entrenamiento de baloncesto a la salida. Entonces iban los dos de la mano, o mejor dicho, ella agarraba a Adolfo con fuerza de la mano y no le soltaba hasta llegar al portal de su casa, aunque él se quejase constantemente de que le apretaba mucho y le hacía daño.

Margarita estaba escarmentada. Un día, Adolfo se le escapó y echó a correr como un loco porque por la acera opuesta había visto a un compañero de clase. Cruzó la calle sin mirar y un coche tuvo que dar un frenazo que se oyó en todo el barrio. Desde ese día, le agarraba tan fuerte que sus manos parecían convertirse en tenazas.

Pero había tenido entrenamiento de baloncesto a la salida, y por eso regresaba sola.

A Margarita el deporte que más le gustaba era el baloncesto. Lo practicaba en el colegio desde los ocho años. A veces jugaba de pívot, pues era de las más altas del equipo, aunque le gustaba más jugar de escolta. Participaban en una liguilla con otros colegios e iban clasificadas en segundo lugar. Con un poco de suerte, al final podrían quedar campeonas.

Y mientras caminaba hacia su casa, no podía dejar de pensar en algo que le había estado dando vueltas y más vueltas en su cabeza desde que, por la mañana, Manolo, el profe de Lengua, les había mandado escribir una carta.

Llevaba dentro de su mochila, escrita en una hoja del bloc de Lengua, la carta que había dirigido a Rocío. Llevaba también la dirección de la familia, ya que Manolo la había buscado en el periódico y se la había apuntado en un papel.

Margarita no sabía qué hacer.

A veces pensaba que le apetecía mucho enviar esa carta e intentar hacerse amiga de Rocío, una niña de su edad que, a lo mejor, hasta jugaba al baloncesto como ella. Pero otras veces pensaba que tal vez no fuese oportuno enviar la carta. Finalmente, decidió llegar hasta su casa y consultárselo a sus padres: si a ellos les parecía bien, la enviaría; y si, por el contrario, les parecía mal, no lo haría.

Pero cuando pasó por el estanco de Carmina, casi sin darse cuenta, entró en el establecimiento.

–Hola, Carmina.

–Hola, Margarita. ¿Vienes del cole?

–Sí. Es que hoy he tenido entrenamiento.

–Tienes que decirme cuándo vas a jugar el próximo partido.

–¿Para qué?

–Para ir a verte.

–¿De verdad?

–Pues claro. A mí me gusta mucho el baloncesto. Siempre que hay un partido por la tele, procuro verlo. Cuando vaya a verte, gritaré con todas mis fuerzas: «¡Margarita! ¡Ra, ra, ra!».

–¡Jo, qué corte! Prefiero que no me animes.

Margarita conocía a Carmina de toda la vida. Carmina era amiga de sus padres. Su estanco siempre había estado allí, por lo menos desde que ella tenía uso de razón. En él compraban los cuadernos, los bolígrafos, las gomas de borrar...; hacían fotocopias, cuando las necesitaban; compraban los sellos y los sobres para enviar cartas; además, cuando su padre fumaba, que hacía año y medio que lo había dejado, también compraban allí los paquetes de tabaco.

–¿Quieres algo?

Margarita se quedó un rato pensando, como si una duda muy grande le impidiese responder a la pregunta de Carmina.

–Sí: un sobre y un sello –se decidió finalmente.

Sin salir del estanco, Margarita pegó el sello en el ángulo superior derecho del sobre, utilizando esa esponjita mojada que tenía Carmina sobre el mostrador, dentro de un recipiente de plástico. A ella siempre le gustaba hacerlo.

Cuando fue a pagar, se dio cuenta de que no llevaba dinero.

–Luego bajo y te lo pago –le dijo a Carmina.

–Como quieras. Pero no dejes de avisarme cuando juegues el próximo partido.

–Lo haré si me prometes que no darás gritos para animarme.

–No sé, no sé... Ir a ver un partido de baloncesto y no poder gritar...

–Claro que puedes gritar. Lo que no quiero es que grites precisamente mi nombre.

–¿Y qué voy a gritar entonces?

–Pues... grita el nombre del equipo.

–Eso me hace menos ilusión.

El estanco de Carmina estaba muy cerca de su casa. Desde la puerta ya se veía la verja de hierro que rodeaba la urbanización, con las arizónicas tan bien recortadas por Paco y Pacobís, los jardineros. Entre el estanco y la verja de la urbanización había un buzón de correos, con su forma característica de supositorio, amarillo como el sol.

Margarita se sentó en uno de los bancos de madera que jalonaban la amplia acera, a la sombra de las acacias, abrió su cartera y sacó el bloc de Lengua. Comenzó a pasar hojas muy despacio, hasta que llegó a la carta que había escrito por la mañana a Rocío, durante la clase de Lengua.

Releyó lo escrito y, a continuación, arrancó con cuidado la página. La dobló dos veces y la metió en el sobre. Luego, quitó la tira de papel que protegía el adhesivo y apretó la solapa para que quedase bien pegada.

Se quedó durante unos segundos contemplando el sobre cerrado, con el sello puesto pero completamente en blanco.

A continuación, metió la mano en la cartera y rebuscó hasta que encontró el papel que le había dado Manolo, el que tenía apuntada la dirección de la familia de Rocío. Colocó el sobre en la parte más lisa de su cartera y comenzó a escribir:

Rocío Mezgo
C/ Los Urces Altos, 20
Urbanización Los Arreboles del Oeste

En el reverso escribió su nombre y su dirección. Guardó el bloc en la cartera, junto al papel con la dirección de Rocío, y se levantó resuelta, con el sobre en la mano.

–¡Ya está! –pensó en voz alta.

Estaba decidida a echar aquel sobre en el buzón de correos, pero cuando llegó a él se detuvo y comenzó a dudar. Volvía a preguntarse una vez más si sería correcto enviar aquella carta o no. Pensó que tal vez a Rocío lo que menos le apetecería en esos momentos fuese recibir cartas de desconocidas, por mucho que tratasen de animarla.

Sujetaba la carta en la misma abertura del buzón; solo tenía que abrir ligeramente los dedos para que cayese dentro. Pero la duda se había apoderado de nuevo de ella, y por eso no terminaba de decidirse.

En ese momento, oyó una voz a sus espaldas que la sobresaltó.

–¡Termina de una vez, niña!

Era un señor que se disponía a echar también una carta y que aguardaba tras ella.

Y aquella voz, para bien o para mal, resolvió las dudas de Margarita, quien, un poco asustada, abrió los dedos de la mano que sujetaba la carta, y esta, al fin, resbaló por la abertura hacia las profundidades oscuras del buzón.

En el recinto de la urbanización, como siempre, Paco y Pacobís se ocupaban de los jardines. Paco rastrillaba uno de los caminos de tierra y Pacobís regaba con una manguera el césped.

–¡Pacobís! –gritó Margarita.

–¡Hola, chavala! –le contestó Pacobís.

–¡La manga riega, que aquí no llega!

–¡No me provoques!

–¡La manga riega, que aquí no llega! –repitió Margarita.

Entonces, Pacobís desvió un instante el chorro de agua hacia Margarita, que echó a correr para esquivarlo, y ya no se detuvo hasta llegar a su portal. Allí se volvió hacia los jardineros.

–¡Adiós, Paco! ¡Adiós, Pacobís!

Entró en el portal y subió andando hasta su casa. Llamó al timbre de la puerta y la abrió Adolfo.

–¿Quieres que juguemos un rato con mis guerreros de plástico? –le preguntó su hermano a modo de saludo.

–No.

–¿Por qué?

–Tengo que hacer deberes.

Adolfo sabía que aquello eran palabras mayores. A veces, cuando su hermana le había dado otra excusa para no jugar, él había insistido, intentando incluso que sus padres le echasen una mano. Pero sabía que de nada servirían sus súplicas si Margarita se ponía a hacer deberes del cole, pues en ese caso sus padres siempre le daban la razón a ella.

Así que, un poco desolado, regresó a su habitación, donde le esperaba en formación su ejército de guerreros de plástico.

Cecilia estaba en la cocina, sentada a la mesa. Se había servido un café con leche y hacía cuentas con un lapicero diminuto en una pequeña libreta.

–¡Hola, mamá! –la saludó Margarita.

Cecilia se incorporó de golpe, como si algo la hubiese asustado.

–¡Ah! Hola, hija.

–¿No está papá en casa? –preguntó enseguida Margarita.

–No.

–¿Adónde ha ido?

–Al chalé. Tenía que regar para que no se sequen las plantas.

–Pero si estuvo ayer –se extrañó Margarita.

–Es que... ayer fue a hacer otras cosas y no tuvo tiempo de regar.

Margarita se preparó la merienda.

Y después de dar un buen mordisco a un bocadillo de salchichón, le preguntó a su madre con la boca llena:

–Oye, mamá, ¿te parecería bien que yo escribiera a la hermana de ese chico al que han secuestrado?

Cecilia acercaba al fregadero en esos momentos la taza en la que se había tomado el café. Al oír a su hija, se volvió tan deprisa que la taza se le escurrió entre los dedos, cayó al suelo y se hizo añicos.

Madre e hija se pusieron a recoger los pedazos.

–¿Qué tontería es esa de escribir a la hermana del chico que han secuestrado? ¡Es que no puedes pensar en otras cosas! ¡Tú siempre con la cabeza llena de fantasías! ¡Ya tienes trece años, Margarita!

–¿Y eso qué tiene que ver?

–¡Mucho!

Ante la reacción de su madre, Margarita no quiso decirle la verdad y prefirió guardar en secreto toda la historia de la carta. La madre se había irritado muchísimo con solo mencionarle la posibilidad de escribir, así que sería mejor que no supiese nada, al menos hasta que no se le pasase el enfado, que parecía ir en aumento.

–¡Déjame a mí, que te vas a cortar! –le gritó Cecilia a su hija.

–Solo quería ayudarte.

–¡No necesito ayuda!

Margarita se puso de pie y salió de la cocina. Antes echó un vistazo a la libreta en la que su madre hacía las cuentas. Estaba toda llena de números. No era la primera vez que veía a su madre hacer números y más números, sobre todo desde que su padre se había quedado sin trabajo.

Se encerró en su habitación y se dispuso a hacer los deberes. Le iba a resultar difícil concentrarse. Por un lado, había vivido grandes emociones durante la jornada en el colegio, y también a la salida. Por otro lado, no hacía más que pensar en las cuentas de su madre. Eran esas malditas cuentas las que la ponían de tan mal humor. Aunque sus padres nunca le hablaban de ello, sabía que estaban pasando algunos apuros económicos, incluso se estaban planteando vender el chalé de la sierra, adonde antes iban casi todos los fines de semana y también durante el verano.

El chalé era una de las cosas que más le gustaban a Margarita del mundo. Estaba a unos cuarenta kilómetros de la ciudad, pero se tardaba muy poco en llegar porque había autopista. Era grande y todo de piedra, y estaba rodeado por un terreno lleno de árboles y de plantas. También había una pequeña piscina, donde se remojaban cuando hacía calor, y una pared muy alta donde a veces jugaban al frontón.

Había también una cosa en el chalé de la sierra que le daba miedo; bueno, no mucho miedo: el cuarto de las ratas. No es que hubiese ratas en aquel cuarto, pero su hermano Adolfo y ella misma comenzaron a llamarlo así porque estaba excavado bajo el chalé y, claro, como no tenía ventanas estaba muy oscuro. Y con ese nombre se quedó.

En el cuarto de las ratas, el dueño anterior del chalé tenía una bodega con cubas de madera muy grandes y repisas llenas de botellas. Eduardo, cuando compró el chalé, y como no era aficionado al vino, decidió poner un candado a la puerta que daba acceso al cuarto de las ratas, y se olvidó de él.

Pero hacía un año aproximadamente que Margarita, por casualidad, encontró las llaves del candado y, con Adolfo de la mano, había descendido hasta la antigua bodega. Los dos hermanos sintieron miedo, pero lo pasaron muy bien. Por eso, de vez en cuando, aprovechando siempre la ausencia de sus padres, hacían pequeñas excursiones al cuarto de las ratas.

En su habitación, con los brazos acodados sobre su mesa de estudio, pensaba Margarita que su madre había mentido cuando le había dicho que su padre había ido a regar al chalé. Ella sospechaba que, en realidad, habría ido a enseñar el chalé a algunos posibles compradores. Por eso, también su madre estaba haciendo cuentas en la libreta.

Sintió mucha pena al pensar que ya nunca podría volver a ese chalé, corretear alrededor de la casa, darse un chapuzón en la piscina o bajar sigilosamente hasta el cuarto de las ratas con su hermano Adolfo de la mano.

Salió resuelta de su cuarto y se dirigió a la cocina. Su madre se había vuelto a enfrascar con los números.

–¿Recuerdas lo que me has dicho hace un rato? –le preguntó de sopetón.

Cecilia alzó ligeramente la cabeza y miró a su hija.

–¿A qué te refieres?

–Te lo recordaré yo. Me has dicho exactamente: «¡Margarita, ya tienes trece años!».

–¿Y qué?

Margarita cogió una silla y se sentó al lado de su madre.

–Pues que tienes razón: ya tengo trece años. En muchas partes del mundo hay niñas con menos de trece años que están trabajando. Yo podría...

–¡Deja de decir tonterías! –la cortó su madre en cuanto adivinó sus intenciones.

–Lo digo en serio, mamá. Yo quiero ayudar. Podría seguir yendo al colegio, pero a la salida...

–¡Ya basta! –volvió a cortarla Cecilia, esta vez con contundencia.

Los ojos de Margarita se inundaron de lágrimas.

–Es que veo a papá... Veo lo que ha cambiado desde que está sin trabajo, siempre triste y malhumorado. Y te veo a ti... ¿Qué tiene de malo que yo quiera ayudar?

Enternecida, Cecilia se abrazó a su hija con fuerza, le acarició el pelo y le enjugó las lágrimas con el dorso de sus manos. Luego, la besó en las mejillas.

–Todo va a solucionarse –susurró sin mucha convicción.

4

Como Eduardo no llegaba, a pesar de que ya comenzaba a anochecer, cenaron los tres en la cocina. Hicieron una cena informal, que era lo que más le gustaba a Margarita: un poco de esto, un poco de lo otro, una pieza de fruta, un vaso de leche y... ¡se acabó!

–¿Cuándo vuelve papá? –preguntó Adolfo a su madre.

–No tardará.

–¿Y por qué no lo esperamos?

–¡Porque ya es de noche! –le respondió Cecilia–. Tú cena y a la cama, que si no mañana estarás muerto de sueño y no habrá quien te levante.

–Otras veces sí lo esperamos.

–Pero hoy no.

–Es que a mí me gustaría... –insistió Adolfo.

–¡No seas pesado y cállate de una vez! –le cortó su madre de forma rotunda–. ¡Termina lo que te queda en el plato y vete a la cama!

Adolfo se metió en la boca lo que tenía pinchado en el tenedor, miró a su madre muy serio, de reojo, y no pudo evitar que una lágrima le surcase la mejilla. Se la enjugó con la manga de la camisa y continuó masticando.

Margarita resopló y prefirió no decir nada. Otra vez su madre volvía a perder los nervios, y cada vez los perdía más a menudo. Desde luego, no le parecía bien que le respondiese de esa manera a su hermano, cuando lo único que había hecho era preguntar por su padre. Era muy injusta con él. Pero cualquiera se atrevía a decirle algo, con el humor que mostraba.

¡Cuánto habían cambiado las cosas últimamente! ¡Y todo por culpa del trabajo de su padre! Pero ¿tan importante podía ser un trabajo? ¿Por culpa de un trabajo podían alterarse hasta el carácter de las personas y las relaciones de una familia? A la vista de lo que estaba sucediendo en su propia casa, Margarita pensó que no cabía la menor duda y que aquello era una lección que debería aprender.

Margarita sabía, no obstante, que no todo el mundo se tomaba las cosas como sus padres. Juan Luis, un compañero de su misma clase con el que se llevaba especialmente bien, le había contado unos días antes, durante el recreo, que su padre se había quedado sin trabajo y que, aprovechando los meses que tenía de paro, estaba preparando unas oposiciones. Algunas tardes incluso se marchaban juntos a la biblioteca para estudiar. Ella, por el contrario, prefirió no decirle nada del suyo.

Margarita había llegado a la conclusión de que a su padre le parecía una deshonra, o algo similar, encontrarse en el paro. Claro, él siempre había presumido mucho de su trabajo. Se sentía orgulloso cuando contaba a los amigos, que algunos fines de semana se reunían en su casa, que ya era jefe de ventas de la empresa y que probablemente llegaría a ser director comercial. Hablaba del dinero que ganaba, que era mucho, y de las cosas que se habían comprado, como el piso donde vivían o el chalé de la sierra, y de las que pensaban comprarse más adelante.

¡El chalé de la sierra! ¡Con lo bien que lo habían pasado todos juntos en él! Cuando iban los fines de semana, su padre conseguía olvidarse hasta del trabajo, de su jefatura de ventas que tanto le obsesionaba, y disfrutaba corriendo detrás de sus hijos, jugando al frontón, chapoteando en la piscina... Y ahora tendrían que venderlo. Pero, bueno, eso no era lo peor. Hay mucha gente que no tiene chalé en la sierra y que vive feliz. Lo peor era la actitud de él, y también de su madre, ese mal humor que mostraban siempre, esa amargura que se había apoderado de ellos, ese estado de ansiedad permanente, de crispación, que se había agudizado en los últimos días.

Adolfo, visiblemente enfadado, terminó de cenar y, sin decir nada, se levantó de la mesa y se marchó a su cuarto, dispuesto a acostarse.

Margarita, que también había terminado, se levantó e hizo intención de recoger la mesa.

–Déjalo –le dijo su madre–. Aún tiene que cenar papá. Ya lo recogeremos luego.

–Yo también me voy a acostar –dijo entonces Margarita.

Iba a salir de la cocina, pero se detuvo un instante en la puerta y se volvió a su madre, que había vuelto a coger la libreta llena de números.

–A mí no me importa que tengamos que vender el chalé de la sierra –le dijo.

–¿Y quién te ha dicho que vamos a vender el chalé de la sierra? –le preguntó su madre con sequedad.

–Como papá sigue sin encontrar trabajo, he pensado que...

–¡Más te valdría pensar en otras cosas! –cortó su madre.

Margarita no tuvo ánimos para continuar la conversación. Se metió en el cuarto de baño, se lavó los dientes e hizo pis. Luego, se fue a su habitación, se puso el pijama y se acostó.

Estuvo por lo menos media hora tumbada en la cama, boca arriba, a pesar de que sabía que en esa postura no se dormiría, pues para conciliar el sueño necesitaba colocarse de lado y un poco encogida.

Sintió cómo su madre salía de la cocina, se dirigía hasta el salón y encendía el televisor.

Se la imaginó allí, hundida en el sofá, haciendo cuentas y más cuentas en su libreta, mientras de vez en cuando miraba sin atención algún programa insulso de la tele.

De pronto, sintió que la puerta de su habitación se abría muy despacio y una cabeza asomaba por la rendija.

–Marga, ¿estás despierta?

–Sí.

–Es que no me puedo dormir. ¿Me dejas que me acueste un rato en tu cama?

–Bueno.

Adolfo corrió hasta la cama de su hermana y se metió dentro de un salto.

–¡Qué calentita está!

No era la primera vez que Adolfo buscaba la compañía de su hermana por la noche. Solía hacerlo cuando estaba disgustado por algún motivo, generalmente porque se hubiese ganado una regañina de su madre o de su padre. Buscaba entonces el consuelo de Margarita, y la hermana, como si se tratase de uno de sus muñecos, lo colocaba a su lado y le contaba un cuento, siempre el mismo. Adolfo no quería que ella cambiase de cuento, a pesar de que se lo sabía de memoria.

–Érase una vez una princesa que vivía en una torre de marfil y plata. Por las tardes, mientras se peinaba sus largos cabellos negros, cantaba una hermosa canción...

–¿Por qué tarda tanto papá en volver a casa? –la interrumpió Adolfo.

Margarita lo pensó unos segundos antes de responder.

–Acabas de cumplir siete años, creo que tienes derecho a saber la verdad –le dijo, dando a sus palabras un tono entre solemne y misterioso–. Aunque mamá no quiera admitirlo, papá va a vender el chalé de la sierra.

–¿Por qué?

–Porque no tiene trabajo. ¿Es que te has olvidado ya de que lo despidieron de la empresa?

–No.

–Tiene que vender el chalé para sacar dinero. Lo necesitamos para vivir. Ahora está cobrando el paro, pero es poco y además se le acabará pronto. ¿No lo entiendes?

–Ahora sí.

–No se te ocurra decir nada de lo que te estoy contando.

–Lo prometo, Marga –Adolfo se puso muy serio al decir estas palabras.

–Por eso papá y mamá han cambiado tanto últimamente y se enfadan a menudo...

–¿Y por eso nos gritan y nos castigan?
–Sí.
–Y cuando venda papá el chalé de la sierra, ¿ya volverán a ser como antes?
–Creo que sí.
–Entonces no me importa que lo vendan –aseguró Adolfo, apoyando sus palabras con un gesto inequívoco de la cabeza.
–A mí tampoco me importa, a pesar de que nunca más podamos bajar al cuarto de las ratas –asintió Margarita.
–Entonces... –la mente de Adolfo había volado hasta el chalé de la sierra–, papá tarda en regresar porque en estos momentos estará vendiendo el chalé.
–Tal vez sí, o tal vez se lo esté enseñando a alguien. Quien vaya a comprarlo querrá verlo bien antes.
–Pero ya es de noche.
–Quien vaya a comprarlo tendrá que trabajar mucho durante el día y a lo mejor solo puede verlo de noche.
–Claro. ¿Me cuentas el cuento?

–... y, despreciando a todos los apuestos y enamorados príncipes que llegaron hasta el pie de la torre de marfil y plata, la princesa se marchó con el pirata. Saltó a su barco y juntos recorrieron los siete mares.

Hacía unos minutos que Adolfo se había dormido.

Perdió la noción del tiempo que había pasado, quizá porque ella también se había quedado adormilada, a pesar de que seguía tumbada boca arriba. Pero de pronto tuvo la sensación de que su padre ya estaba en casa. Aguzó el oído y escuchó con atención. Sí, era él, y estaba en el salón, hablando con su madre. No podía entender lo que decían porque hablaban en voz baja y, además, la televisión continuaba encendida.

Al cabo de un rato, se abrió la puerta de la habitación y su padre entró sigilosamente. Margarita pensó decirle que estaba despierta y deseó preguntarle si ya había vendido el chalé de la sierra; pero no se atrevió. Quizá su padre estuviese de mal humor precisamente por haber tenido que venderlo. Sería mejor esperar a que se le pasase. Entornó los ojos y se hizo la dormida.

El padre se acercó a la cama. Se inclinó sobre ella y le dio un beso. En ese instante, Margarita sintió unas ganas muy fuertes de abrazarse al cuello de su padre y de besarlo también; pero había tomado la determinación de hacerse la dormida, por eso se contuvo.

Luego, Eduardo dio la vuelta a la cama y, con mucho cuidado, sacó de ella a Adolfo. En brazos y caminando de puntillas, se lo llevó de la habitación.

«Sí –pensó Margarita–. Creo que ya ha vendido el chalé. Quizá a partir de ahora mis padres vuelvan a ser los de antes».

Luego, se inclinó hacia un lado y se encogió ligeramente. Era la postura en la que siempre se dormía.

5

Y pasaron cuatro días.

Era sábado por la mañana. Margarita había decidido acompañar a su padre a la calle.

—Voy contigo —le dijo.

—Te advierto que tengo que hacer cuatro cosas —le advirtió Eduardo.

—No me importa.

—La primera, ir al taller del coche; la segunda, ir al mercado; la tercera, ir a la farmacia; la cuarta, ir al pequeño taller de encuadernación que está junto a la farmacia. Luego, no protestes si te aburres.

—No protestaré.

Salieron del portal y se cruzaron con Paco y Pacobís, que, como todos los días, se afanaban por tener los jardines y las praderas de la urbanización en perfecto estado.

—¡Hola, Paco! ¡Hola, Pacobís!

—¡Hola, chavala!

Padre e hija cruzaron la puerta de hierro, orlada por un arco de arizónicas, orgullo de los jardineros, y salieron del recinto vallado de la urbanización.

Caminaban por la acera en dirección al taller cuando, al pasar frente al estanco de Carmina, Margarita recordó algo y se llevó las manos a la cabeza:

–¡Se me había olvidado! –exclamó.

–¿El qué? –le preguntó su padre.

–Hace unos días compré un sobre y un sello y todavía no se los he pagado a Carmina.

Eduardo sacó una moneda de su bolsillo y se la entregó a su hija. Esta la cogió y, casi a la carrera, entró en el estanco.

–Toma, Carmina, lo que te debía del sobre y el sello del otro día. No he venido antes porque se me había olvidado. Perdona. No puedo quedarme a hablar contigo porque mi padre me está esperando fuera y tenemos que hacer cuatro cosas esta mañana. Adiós, Carmina.

Margarita lo dijo todo como una locomotora enloquecida y salió tan rápido del estanco que Carmina no tuvo tiempo ni de decirle adiós.

–¡Ya está! –le dijo a su padre.

El taller donde Eduardo llevaba el coche no se encontraba muy lejos. Quince minutos andando. Estaba situado en una zona de naves, a las afueras del barrio, junto a otros pequeños locales industriales. Eduardo habló con el encargado.

–¿Qué día puedo traer el coche?

–¿Alguna avería?

–No. Solo la revisión habitual.

–Pues... –el encargado consultó un listado–. ¿Qué le parece el martes?

–Lo traeré a primera hora para que esté listo a mediodía. Por la tarde lo necesitaré.

–Muy bien. Abrimos a las ocho y media.

Ya habían hecho la primera cosa. Por tanto, emprendieron camino hacia el mercado.

Margarita llevaba unos minutos pensando en algo que quería preguntar a su padre. Era algo que ya le había preguntado a su madre cuatro días antes, y desde luego a su madre no le debió de gustar aquella pregunta, pues se puso de mal humor y le reprochó a su hija que pensase en semejantes cosas.

–Oye, papá... –comenzó Margarita.

–¿Qué quieres?

–¿Te parecería bien que yo escribiese una carta a Rocío?

–¿Y quién es Rocío?

–La hermana de Jacobo, el chico que está secuestrado.

Eduardo se detuvo en seco al escuchar las palabras de su hija. La miraba fijamente sin decir nada. Ella, un poco confundida, se encogió de hombros.

—¿Cómo se te ha ocurrido esa idea? —le preguntó al fin Eduardo, con visible gesto de preocupación.

—La vi en las noticias en la tele. Tiene trece años, como yo, y lloraba mucho... Pensé que debía de estar pasándolo muy mal y se me ocurrió...

—Hay muchas niñas de trece años en el mundo que lo están pasando muy mal, incluso peor que Rocío. ¿Acaso pretendes escribir a todas ellas?

—Pero al ver a Rocío en la tele... me impresionó mucho.

—Olvídalo.

–¿Entonces crees que no sería oportuno escribirle?
–No.
Y Eduardo reanudó la marcha.

Margarita resopló y siguió a su padre. Ahora estaba convencida de que había metido la pata escribiendo a Rocío. Ni a su madre ni a su padre les parecía bien. En esos instantes, Margarita se arrepintió de lo que había hecho. Quizá su carta solo sirviese para acentuar el dolor de aquella chica. En ese instante también, se propuso firmemente no decir a sus padres nada de lo que había hecho. Ellos no deberían enterarse nunca.

En el mercado compraron un kilo de filetes de vaca. Mientras el carnicero los cortaba, Margarita ya se los imaginaba en su plato, y sudaba solo de pensar que alguno de aquellos filetes acabaría en su estómago.

–Podíamos comprar carne picada para hacer albóndigas o filetes rusos...

–Nos gusta menos la carne picada.

–Pero es más fácil de tragar. No se te hace una bola en la garganta.

–No seas melindres.

Margarita se quedó pensando un rato en la última palabra que había dicho su padre: *melindres*. No recordaba haberla oído antes y no sabía cuál era su significado.

«La buscaré en el diccionario al llegar a casa», se dijo.

También compraron fruta, verdura, embutido... y varias latas de comida preparada.

Con las bolsas en las manos, iniciaron el regreso hacia casa. Solo tendrían que dar un pequeño rodeo para llegar a la farmacia y al taller de encuadernación.

Fue entonces cuando Margarita se decidió a comentarle a su padre otra de las cosas que más le preocupaban últimamente:

–A pesar de que el chalé de la sierra es uno de los sitios donde mejor lo he pasado en toda mi vida, a mí no me importaría que lo vendieses.

Eduardo volvió a detenerse en seco. Sin duda, las inesperadas palabras de su hija volvían a causarle una gran sorpresa. La miró fijamente.

–¿Te ha dicho mamá que vamos a vender el chalé? –preguntó Eduardo.

–No. Ella no me ha dicho nada.

–¿Entonces...?

–Lo he pensado yo sola.

–¿Y por qué piensas esas cosas?

Margarita bajó la cabeza, algo apesadumbrada, antes de continuar hablando.

–Como aún no has encontrado otro trabajo... y como últimamente vas todas las tardes al chalé... Pues... yo pensé que ibas a venderlo para sacar dinero. Un día, mamá y tú lo comentasteis mientras comíamos.

–Sí, es verdad que lo comentamos –reconoció Eduardo–. Pero no vamos a vender el chalé de la sierra, ¿entendido?

Margarita afirmó con la cabeza antes de responder:

–Sí.

–¡No vamos a vender nada! –Eduardo, de pronto, se mostró muy alterado–. ¡No vamos a renunciar a nada de lo que hemos conseguido con tanto esfuerzo! ¡A nada!

–Sí –repetía Margarita como una autómata.

–¿No me has oído lo que le he dicho al del taller? ¡No voy a renunciar ni siquiera a hacer la revisión del coche! ¡A nada! Yo me encargaré de que no nos falte dinero nunca, todo el dinero que sea necesario para que no tengamos que renunciar a nada de lo que ya tenemos. ¡A nada!

Margarita se había asustado un poco al escuchar a su padre hablando de aquella manera. Era la primera vez que le hablaba en ese tono, un tono en el que se mezclaban la rabia y el orgullo, un tono desconocido para ella.

Camino de la farmacia, Eduardo se fue calmando, y al llegar a la puerta del establecimiento ya mostraba un talante diferente, mucho más reposado y razonable.

–Lo que quería decirte en realidad es que las cosas se van a arreglar muy pronto, ya lo verás. Y para que se arreglen no será preciso vender el chalé de la sierra ni renunciar al tipo de vida que llevábamos.

—Yo también estoy segura de que todo se arreglará.

—Me parece muy bien que pienses así.

Entraron en la farmacia, donde Eduardo pidió al farmacéutico las pastillas que Cecilia tomaba para el dolor de cabeza. Ella se las había encargado porque llevaba unos días con ese dolor agudo, que se le fijaba en las sienes y que parecía atravesarle la cabeza entera. El dolor parecía no querer abandonarla, y ya se habían terminado las pastillas que tenía en casa.

A la salida, Margarita le hizo una nueva pregunta a su padre:

—¿Vas a ir esta tarde al chalé?

—Sí.

—¿Puedo ir contigo?

—No, otro día.

—Yo puedo ayudarte a regar.

—Otro día —repitió Eduardo.

—¿Y por qué no vamos todos, como antes?

—Pronto volveremos a ir todos juntos.

Eduardo entró en el taller de encuadernación, que estaba frente a la farmacia, y Margarita se quedó en la puerta, con las bolsas.

Salió al cabo de un par de minutos con un libro grande, de pastas muy llamativas. Se trataba de un coleccionable que había publicado durante meses el periódico.

–Bueno –sonrió el padre–. Ya hemos hecho las cuatro cosas que teníamos que hacer.

Se repartieron las bolsas y se dirigieron a casa.

Mientras regresaban, pensaba Margarita por qué su padre se iría solo todas las tardes al chalé. Al principio no conseguía entenderlo, pero pronto encontró una explicación. Su padre siempre había dicho que aquel chalé era su refugio, el lugar donde se olvidaba de todo, donde se relajaba, donde cargaba las pilas... Eran frases que alguna vez le había oído. Estaba claro, por tanto, lo que él buscaba allí: la calma que no encontraba en la ciudad. Pensó Margarita que, en esos momentos tan duros, su padre necesitaba estar todos los días un rato solo, en su refugio. Quizá allí encontrase las fuerzas necesarias para encarar el futuro.

Entraron en el portal y, antes de llamar al ascensor, Eduardo se dirigió hacia los buzones. Se pasó todas las bolsas a una mano y con la otra sacó las llaves y recogió la correspondencia. Había, como siempre, mucha propaganda, cartas del banco y...

–Hay una carta para ti –le dijo a su hija, un poco sorprendido.

Margarita tuvo en ese momento una corazonada. Dejó las bolsas en el suelo y prácticamente le arrebató a su padre la carta de las manos, impidiendo que viese el remite.

–¡Ah, sí! –se inventó una explicación sobre la marcha–. Es de una amiga mía.

Margarita dio la vuelta al sobre y confirmó lo que había pensado desde el principio. Esa carta estaba escrita por Rocío Mezgo, la hermana de Jacobo, el muchacho secuestrado, y estaba dirigida a ella. Disimuló como pudo la emoción que sentía y se guardó la carta en uno de los bolsillos de su pantalón.

Llegó el ascensor y padre e hija entraron en él. Mientras subían, Margarita creyó oportuno dar algunas explicaciones a su padre, para que su mentira fuese más verosímil.

–Sí, es de una amiga. Me refiero a la carta. Es que se ha marchado a vivir a otra ciudad y quedamos en escribirnos. Ahora tendré que responderle.

Hubiese preferido Margarita no tener ningún secreto con sus padres, y menos por un asunto como ese; pero en vista de la reacción que ambos habían tenido cuando les sugirió la posibilidad de escribir a Rocío, era preferible callarse.

Estaba ansiosa por leer esa carta. Al fin iba a saber si había hecho bien o mal escribiéndola y si Rocío, como ella deseaba, quería ser amiga suya.

6

Querida Margarita:

Lo primero que quiero decirte es que muchas gracias por tu carta. Cuando los policías me la entregaron, me dijeron que era de una amiga mía, y yo me extrañé mucho, pues no tenía ninguna amiga que se llamase Margarita. Ahora ya tengo una, que eres tú. Creo que tendré que explicarte lo de los policías. Verás, es que desde que secuestraron a Jacobo, nuestra casa esta vigilada a todas horas por la policía; ellos controlan las llamadas de teléfono y las cartas que nos llegan, porque creen que así podrán descubrir alguna pista. Yo espero que la descubran pronto y encuentren a mi hermano.

Como tú también tienes un hermano, aunque sea pequeño, podrás imaginarte lo que se siente cuando de pronto desaparece de casa porque alguien lo ha secuestrado. Me paso el día llorando, no puedo evitarlo, aunque lo intento. Por la tele debía de parecer una tonta, llorando y llorando, sin poder decir ni una sola palabra. Me dio mucha rabia después,

porque yo quería dirigirme a Jacobo, tal vez los secuestradores le dejen ver la tele, para decirle que le quiero mucho. Creo que, cuando una persona lo está pasando mal, necesita de los demás palabras de cariño. Por eso me ha emocionado tu carta, porque en ella hay cariño, y yo también necesito en estos momentos cariño, aunque Jacobo mucho más que yo.

Creo que es estupendo que las dos tengamos trece años, así nos podremos entender mejor y ser más amigas, sobre todo cuando Jacobo regrese a casa y todo vuelva a ser normal. Me gustaría que nos conociésemos y que saliésemos de paseo, o que fuésemos al cine, o que vinieses a la fiesta de mi cumpleaños, aunque todavía falta, o que yo fuese a la tuya.

Te diré las cosas que más me gustan, porque seguro que coincidimos en algunas: hacer deporte, ir al cine, leer libros, ver la tele, disfrazarme... Y algu-

nas otras que ahora no recuerdo. Se me dan bien los estudios y en el colegio saco buenas notas, aunque durante los últimos días no he ido a clase porque me encontraba mal. Ayer vinieron a verme la directora, un profesor y algunos compañeros del colegio. Lo pasamos muy bien. Ellos también me dieron mucho cariño. Lo malo fue que al final, cuando ya iban a marcharse, a mí me dio por llorar. No podía controlarme y, aunque no lo deseaba, lloraba y lloraba. Creo que un día de estos volveré a ir al colegio.

Te he contado algunas cosas de mí. Ahora, como ya somos amigas, quiero que me cuentes cosas de ti. Por favor, Margarita, escríbeme pronto. Desde hoy, preguntaré todos los días a la policía si ha llegado una carta para mí.

Un beso muy grande de tu nueva amiga,
Rocío

Margarita sintió una felicidad enorme al leer aquella carta. Sus dudas se habían disipado. No solo a Rocío no le había importunado la carta que le había escrito días antes, sino que se mostraba feliz de haberla recibido. Sus padres, por tanto, estaban equivocados cuando le dijeron que debía dejar en paz a esa niña. Tendría que decírselo. Eso sí, esperaría el momento oportuno, y tal vez ese momento tardase en llegar, pues ellos seguían mostrándose un poco raros. Además, a su madre le dolía la cabeza, y cuando le dolía la cabeza no había forma de mantener una conversación con ella.

Comieron con la tele puesta, como siempre, un poco más tarde de lo habitual por ser sábado. El telediario del Canal Uno ya había comenzado y, a pesar de que Adolfo le hablaba constantemente, Margarita permanecía atenta a las noticias, pues pensaba que harían referencia al secuestro de Jacobo y volverían a salir imágenes de la familia. Entonces tendría ocasión de ver a su nueva amiga y fijarse con más detalle en su aspecto, aunque su rostro fuese el reflejo espantoso del sufrimiento.

–Oye, Marga.
–¿Qué?
–¿Después de comer vas a jugar un rato conmigo?
–Bueno.
–Pero con los guerreros de plástico.
–Bueno, pero no mucho rato.

En el telediario estaban hablando de guerra, siempre la guerra en algún lugar del mundo. Una bomba había explotado en un mercado lleno de gente. Los muertos y los heridos cubrían un suelo ensangrentado. Las imágenes eran tan duras que Margarita tuvo que dejar de mirar la pantalla del televisor. Recordó entonces unas palabras que le había dicho su padre cuando salieron juntos por la mañana. Las recordaba perfectamente: «Hay muchas niñas de trece años en el mundo que lo están pasando muy mal, incluso peor que Rocío. ¿Acaso pretendes escribir a todas ellas?».

Pensó Margarita que tal vez entre las víctimas del mercado hubiese una niña de trece años. O que tal vez una niña de trece años fuese la hermana, la hija, la nieta, la sobrina, la prima... de alguno de aquellos muertos. Sí, alguna niña de trece años, como ella, estaría llorando amargamente en esos momentos. Y sus lágrimas serían más terribles aún que las de Rocío, porque eran las lágrimas de la guerra.

¡Si ella pudiese escribir a todas las niñas de trece años que sufrían en el mundo! Estaría dispuesta a hacerlo, aunque no hiciese otra cosa más que escribir y escribir durante años.

Por eso no entendía bien por qué su padre la había llamado «melindres». Ya había buscado la palabra en el diccionario y, desde luego, no se reconocía como melindres, ni siquiera porque le costase trabajo comerse un filete de vaca.

Los telediarios seguían hablando del secuestro de Jacobo, pero, como ya habían transcurrido varios días, lo hacían de forma más rutinaria y casi al final. Daba la sensación de que la noticia, mientras no se produjera alguna novedad, había perdido interés. El locutor dijo escuetamente:

—Nuestro reportero Marciano Velasco nos informa a continuación del secuestro del joven Jacobo Mezgo.

Luego pusieron una fotografía de Jacobo, la misma que utilizaban desde el primer día. Y, después, el reportero apareció delante de la casa de la familia. Llevaba un micrófono grande en la mano y enseguida comenzó a hablar:

—Estamos delante de la casa de la familia Mezgo. De aquí salió Jacobo la mañana en que fue secuestrado por unos desconocidos. No hay ninguna novedad en el caso, y la policía nos ha comunicado que, aunque no dispone de ninguna pista, prosigue con las investigaciones.

El reportero observó en esos momentos que alguien salía de la casa y, sin dudarlo, micrófono en mano, se acercó.

—Vemos que en estos momentos sale de la casa el comisario García. Vamos a intentar preguntarle en directo, para todos ustedes... Por favor, por favor, comisario García.

El policía miró a la cámara un instante y se detuvo junto al reportero.

—¿Alguna novedad?
—Ninguna. Solo algunos indicios que nos hacen suponer que el secuestro no ha sido llevado a cabo por profesionales.
—¿Eso facilita las cosas?
—O las empeora, depende.

El comisario hizo ademán de proseguir su camino, pero el reportero volvió a acercarle el micrófono.

—Se rumorea que la familia ha recibido una carta de los secuestradores. ¿Es cierto?
—Sí.
—¿Piden en esa carta los secuestradores un rescate?
—No haré más declaraciones.

Y dicho esto, el comisario García se alejó a buen paso.

–Esto es todo desde la casa de la familia Mezgo. Les informó Marciano Velasco para el Canal Uno.

El reportero dio por terminada su crónica.

Margarita observó que, mientras el reportero hablaba del secuestro frente a la casa de la familia Mezgo, su padre y su madre se habían quedado embelesados mirando la pantalla, sin parpadear siquiera. Estaba claro que a ellos, aunque no quisieran reconocerlo, también les preocupaba. ¿Quién podría permanecer insensible ante un hecho semejante? Era verdad que sus padres estaban últimamente muy raros y que se enfadaban por cualquier cosa, y que les gritaban sin motivo a su hermano y a ella misma. Pero todo eso se iba a acabar muy pronto; su padre se lo había asegurado por la mañana. Lo más probable era que ya hubiese encontrado un nuevo trabajo y estuviese esperando el momento más oportuno para comunicárselo.

Cuando acabaron las noticias y comenzaron a hablar del tiempo, Margarita se decidió:

–¿Recordáis lo que os dije de escribir a Rocío, la hermana del chico al que han secuestrado...?

Su padre y su madre se la quedaron mirando fijamente, con una rara expresión dibujada en sus rostros, como si hubiese pronunciado unas palabras terribles. Margarita se sintió confundida y no supo cómo reaccionar.

El que sí reaccionó enseguida fue su padre.

–¡Ya te lo he dicho una vez, y espero no tener que volver a repetírtelo! –le gritó–. ¡Olvídate de esa chica!

–Pero... –Margarita pretendía explicarles que había recibido una carta de Rocío y que a ella no le había molestado, e incluso quería ser su amiga.

–¡He dicho que te olvides de ella! –las palabras de su padre eran tan rotundas y fueron pronunciadas con tanta violencia que le dieron miedo.

Margarita buscó consuelo en su madre, pero ella la miraba también con dureza, con un gesto hostil y esquivo, completamente inusual y desconocido.

Supo que no encontraría comprensión en ninguno de los dos. Por tanto, decidió callarse. No volvería a hablar del tema con sus padres, al menos mientras no cambiasen de actitud.

Tendría que llevar en secreto su relación con Rocío, porque, eso sí, no iba a dejar de escribirle cartas; sobre todo ahora que ella misma le había pedido que lo hiciese porque necesitaba cariño. Iba a mandarle todo el cariño que pudiese, y la única forma de hacerlo, por el momento, era a través de algo tan sencillo como una carta.

Margarita terminó de comer pensando en el cariño. ¡Había oído tantas veces en su casa esa palabra! Desde que nació, sus padres le habían hablado del cariño, y no solo hablado, sino que se lo habían demostrado día tras día. Por eso siempre se había sentido feliz de tener unos padres como los que tenía. Pero ¿qué estaba sucediendo últimamente? ¿Por qué las cosas parecían cambiar de repente y ya nadie hablaba de cariño en su casa?

7

Hacía ya un rato que habían terminado de comer. Margarita y Adolfo veían la televisión en el salón, y el pequeño parecía muy interesado por una película de niños y animales. Solo por eso se explicaba Margarita que no le hubiese aún recordado que tenían que jugar un rato con sus guerreros de plástico.

Cecilia y Eduardo debían de estar en la cocina; al menos, de allí procedían algunos ruidos de cacharros y alguna conversación. Al cabo de un rato, Eduardo entró en el salón. Llevaba en la mano una bolsa de plástico y, en ella, las latas de comida que habían comprado por la mañana en el mercado. Se agachó junto a su hijo y le dio un beso.

—Pórtate bien —le dijo.

—Sí, papá —Adolfo casi ni le prestó atención, ya que ni siquiera apartó la vista del televisor.

Eduardo repitió la operación con Margarita.

—¿Vas al chalé? —le preguntó ella.

–Sí.

–¿Y por qué no vamos todos juntos, como antes?

–Ya te he dicho esta mañana que pronto volveremos a ir todos juntos.

–¿Y yo sola tampoco puedo acompañarte?

–No.

Eduardo iba a salir ya del salón, pero unas palabras de su hija lo detuvieron en seco.

–Yo sé por qué quieres ir solo al chalé de la sierra –fueron las palabras de Margarita.

–¿Por qué? –preguntó Eduardo muy serio.

–Para estar solo –respondió ella con seguridad–. Cuando se tienen problemas, es mejor estar algunos ratos solo, sin que nadie te moleste. Así es más fácil encontrar solución a esos problemas. Claro que, cuando uno tiene problemas, también necesita más el cariño de los demás.

Eduardo esbozó una sonrisa y se acercó a su hija, se agachó a su lado y le dio otro beso.

–El cariño ya lo tengo; ahora necesito un poco de soledad. Pero te prometo que muy pronto se solucionará todo.

En el primer descanso publicitario de la película, Adolfo se olvidó por completo de ella.

–Vamos a jugar con mis guerreros de plástico –le dijo a su hermana.

–Pero si no ha terminado la película.
–No importa. Ya no me gusta.

Resignada, Margarita se levantó del sofá y acompañó a su hermano hasta su habitación. Allí se sentaron sobre la alfombra y, enseguida, Adolfo desplegó su ejército de guerreros de plástico.

–Me pido este, y este, y este...
–¡Eso no vale! –protestó Margarita–. ¡No vale que tú elijas a todos seguidos y me dejes a mí los peores!
–Bueno –aceptó las protestas Adolfo–. Pues elige tú.
–Yo me pido este, y este, y este...
–¡Ahora me toca a mí!

Una vez repartidos todos los guerreros de plástico, los colocaron en pie, en dos filas, a cada lado de la habitación. Luego, Adolfo metió la mano en una caja y sacó un puñado de garbanzos. Contó cinco y dejó el resto en la caja.

–Jugaremos con cinco bombas. Empiezo yo.

Margarita iba a protestar otra vez, pero pensó que no merecía la pena y aceptó que fuese Adolfo quien comenzase con el bombardeo de garbanzos.

–¡Eh, eh! ¡No tan cerca!

Lo que no le consintió es que tirase desde delante de sus guerreros. Las normas, que ellos mismos habían fijado en otra ocasión, decían que había que lanzar los garbanzos desde detrás de los guerreros.

Adolfo lanzó los cinco garbanzos y solo consiguió derribar uno de los guerreros de Margarita. Ella, mientras recogía los garbanzos desparramados por el suelo, miró a aquel guerrero, que estaba patas arriba, y no pudo evitar pensar en la guerra de verdad, de la que había visto tan duras imágenes en el telediario, y se imaginó que aquel guerrero de plástico tenía también una hermana de trece años.

Después, le tocó a ella arrojar los cinco garbanzos y, aunque afinó al máximo su puntería, no consiguió derribar ninguno de los guerreros de Adolfo.

De pronto, sin saber por qué, le preguntó a su hermano:

–¿Qué te gusta más: jugar con los guerreros de plástico o bajar al cuarto de las ratas en el chalé de la sierra?

–Es que aquí no podemos bajar al cuarto de las ratas –razonó Adolfo.

–Ya lo sé, pero imagínate que tuvieras que elegir entre una cosa y otra.

–Pues... prefiero bajar al cuarto de las ratas, aunque me da mucho miedo. Pero tú tienes que venir conmigo; si tengo que ir solo, entonces prefiero jugar con mis guerreros.

–Pronto podremos volver a bajar al cuarto de las ratas.

–¿Sí? ¿Cuándo?

–No sé, pero papá me ha dicho que pronto.

Por lo menos estuvieron jugando con los guerreros de plástico durante una hora. Varias veces consiguieron derribarlos todos a garbanzazo limpio. En unas ocasiones ganó Adolfo, en otras ganó Margarita. Pero ella ya estaba cansada de jugar a aquel juego tan infantil y sentía que había cumplido con creces la palabra que le había dado a su hermano. Se puso de pie y dijo:

–Ya no jugaré más por hoy.

Adolfo sabía que no conseguiría nada insistiendo, pues ya tenía experiencia sobre ese tema; pero aprovechó la buena disposición de su hermana.

–¿Jugarás mañana otro rato conmigo?
–¿Con los guerreros de plástico?
–Sí.
–¿Y no podríamos jugar a otra cosa?
–Es lo que más me gusta.
–Está bien. Mañana jugaré otro rato contigo.

Margarita abandonó la habitación de su hermano y regresó al salón. Su madre estaba sentada en un extremo del sofá, había bajado las persianas y apagado el televisor, por lo que todo estaba en penumbra. Eso significaba que le seguía doliendo la cabeza, a pesar de las pastillas que le habían comprado en la farmacia por la mañana. No obstante, Margarita se sentó a su lado.

–¿Te duele la cabeza?
–Sí –se limitó a responder Cecilia.

–¿Te has tomado ya una pastilla?

–Sí.

Margarita permaneció un rato en silencio junto a su madre. Deseaba poder hacer algo por ella, por su dolor de cabeza, pero no sabía qué. De pronto, se le ocurrió una idea.

–Podríamos irnos los tres a dar un paseo. A lo mejor te viene bien salir a la calle, que te dé el aire... Podríamos esperar a papá abajo, en el jardín.

–Estoy mejor aquí –respondió Cecilia–. Además, papá no vendrá a dormir hoy.

–¿Por qué?

–Porque no.

–¿Va a quedarse a dormir en el chalé?

–Sí.

Se produjo otro silencio largo. Margarita se imaginaba a su padre solo en el chalé de la sierra, quizá regando los árboles, quizá sentado en una tumbona en el porche leyendo un libro, quizá limpiando de hojarasca la piscina... Luego, se lo imaginó solo por la noche, acostado en su cama, con los ojos abiertos, pensando y pensando en los problemas para tratar de solucionarlos de una vez.

–Yo sé por qué papá quiere estar solo en el chalé –le dijo Margarita de pronto a su madre.

Cecilia se incorporó, un poco sorprendida, y se quedó mirando a su hija con ojos extraviados, como ausentes.

–¿Qué sabes tú? –le preguntó al fin.

–Sé que papá quiere estar solo –razonó Margarita–, porque estando solo uno ve las cosas de otro modo. Él sabe que tiene nuestro cariño, pero necesita estar solo de vez en cuando. La soledad le ayuda.

Cecilia asintió mecánicamente con la cabeza y se dejó caer de nuevo contra el respaldo del sofá.

Después de cenar, Margarita y Adolfo, que lo habían planeado todo previamente, recogieron la mesa y fregaron los cacharros.

–No te preocupes, mamá –le dijo Adolfo a Cecilia–. Nos encargaremos de todo, que a nosotros no nos duele la cabeza ni la tripa ni nada.

Tras dejar la cocina limpia y ordenada, fueron a dar un beso a su madre, que había vuelto a derrumbarse sobre el sofá del salón.

–Me voy a la cama –le dijo Adolfo, al tiempo que le daba el beso–. Buenas noches, mamá.

–Buenas noches.

–¿No se te pasa el dolor de cabeza? –le preguntó Margarita.

–Sí, ya se me está pasando un poco –respondió Cecilia.

Margarita le dio otro beso.

–Buenas noches, mamá.

–Buenas noches.

Margarita cerró la puerta de su habitación sin hacer ruido. No lo hacía casi nunca, pero quería evitar que su madre, si por casualidad se levantaba del sofá y atravesaba el pasillo, la viese escribiendo y se interesase por lo que hacía. Entonces no tendría más remedio que darle explicaciones y, claro, se vería obligada a decirle la verdad.

Encendió el flexo de su mesa y sacó un bloc. Lo abrió por la última página, que como es natural estaba completamente en blanco. Cogió un bolígrafo, dispuesta a escribir, pero sus pensamientos volaron de nuevo hacia el chalé de la sierra.

Otra vez volvía a imaginarse a su padre allí, completamente solo. Se preguntó qué estaría haciendo. Tal vez se le ocurriese bajar al cuarto de las ratas. Sí, de vez en cuando lo hacía. Buscaba las llaves del candado, abría la puerta y bajaba las empinadas escaleras.

Ella y Adolfo solían acompañarlo. Pero era mucho más divertido bajar cuando sus padres no estaban en casa; entonces sí que pasaban miedo, al sentir cómo crujían las escaleras de madera, al ver esa bombilla desnuda colgando de un cable, llena de telarañas, y esas cubas de madera que parecían gigantes durmiendo la siesta, y esos objetos desconocidos y llenos de polvo que su padre les había explicado en una ocasión que servían para hacer vino.

Luego se concentró en el papel cuadriculado del bloc y comenzó a escribir.

Querida Rocío:

Hoy mismo he recibido tu carta y he sentido una alegría muy grande. La verdad es que pensaba que no ibas a responderme. Yo no estaba segura de si había hecho bien escribiéndote, pero tu carta me tranquiliza. Ahora sé que hice bien, aunque mis padres no lo entiendan. Ellos piensan que no debería haberte escrito.

Yo quiero ser también amiga tuya. Y si las dos queremos ser amigas, pues creo que ya lo somos, aunque no nos conozcamos en persona. ¿No te parece?

Además de tener trece años, tenemos otras cosas en común. Creo que vamos a entendernos muy bien.

A mí me encanta el deporte, e incluso practico el baloncesto: juego en el equipo del colegio, de escolta, aunque a veces también juego de pívot. Tú no me has dicho si practicas algún deporte. Espero que me lo digas en tu próxima carta. Me gustan todas las cosas que te gustan a ti: el cine, la televisión, los libros... Y espero ir a la fiesta de tu cumpleaños y que tú vengas a la mía.

Todos los días estoy pendiente del telediario, por si dicen algo de tu hermano Jacobo. Hoy he visto un reportaje en el que salía tu casa y han entrevistado a un policía que no quería hablar mucho. Yo espero que ese policía, u otro, encuentre pronto a tu hermano y que toda tu familia vuelva a estar junta.

Tu casa me ha parecido muy bonita por la tele. Nosotros también tenemos un chalé, pero no en la ciudad. Lo tenemos en la sierra, a cuarenta kilómetros. Es muy bonito, con toda la fachada de piedra y con una chimenea. Mi hermano Adolfo y yo nos lo pasamos muy bien allí. Cuando no están nuestros padres, bajamos a un pequeño cuarto que hay bajo el chalé; lo llamamos «el cuarto de las ratas». En ese cuarto, el antiguo dueño del chalé tenía una bodega. Ahora está lleno de telarañas y de polvo. A Adolfo y a mí nos da mucho miedo bajar, pero nos gusta. Espero que algún día vengas a pasar unos días a nuestro chalé, cuando llegue el verano y nos den las vacaciones en el cole. ¡Ya verás qué bien lo pasamos!

Además, entonces ya estará con vosotros Jacobo, y si él quiere también podrá venir, aunque nosotras le pareceremos un poco pequeñas, y no digamos mi hermano Adolfo, que lo único que quiere a todas horas es jugar con sus guerreros de plástico. A mí me tiene harta.

Te estoy escribiendo por la noche. Mañana por la mañana echaré la carta. Como es domingo, a lo mejor no la recogen hasta el lunes, pero no me importa.

Me siento muy contenta por tener una amiga como tú y quiero enviarte mucho cariño con mi carta, porque mis padres, desde que era pequeñita, me han dicho que el cariño es lo más importante y que cuando uno lo está pasando mal necesita mucho cariño, porque con el cariño se pueden superar todos los problemas. Anímate, por favor. Ya verás como tu hermano vuelve pronto con vosotros.

Un beso muy grande muy grande muy grande de Margarita

Aquella noche tardó en dormirse más de lo acostumbrado. Pensaba en la segunda carta que había escrito a Rocío y, sobre todo, pensaba en que la correspondencia que habían iniciado debía mantenerse en secreto, al menos mientras sus padres siguiesen opinando como lo hacían y reaccionasen con la misma incomprensión.

Margarita sabía que en uno de los cajones del mueble librería del salón sus padres tenían sobres y sellos. No le sería difícil coger uno. Nadie se iba a dar cuenta. Luego, cuando saliese a la calle, echaría la carta en el buzón.

Más complicado le resultaría controlar la correspondencia que llegaba a casa para que sus padres no descubriesen las cartas de Rocío. Ella tenía un juego de llaves que casi nunca utilizaba. La única solución sería comenzar a utilizar esas llaves, y sobre todo la del buzón. Lo miraría antes de ir al colegio, y al regresar. Podría poner una excusa para bajar a la calle en cualquier momento y, de paso, echar un vistazo.

Pensaba, no obstante, que pronto encontraría a sus padres más receptivos y podría decirles sin miedo la verdad, y seguro que ellos lo aceptaban y hasta les parecería bien.

Se durmió acordándose de su padre, al que se imaginaba paseando por las habitaciones del chalé de la sierra, inmerso en sus problemas y buscando una solución definitiva. Luego pensó en el cuarto de las ratas, con sus escaleras de madera que crujían, con su bombilla amarillenta llena de telarañas, con sus cubas como gigantes durmiendo la siesta, con sus...

8

Cuando Margarita se despertó, a la mañana siguiente, ya era de día y los rayos del sol se colaban por los pequeños agujeros que dejaba la persiana, no desplegada por completo. La habitación había cobrado un aspecto sorprendente, llena de haces de luz que brillaban con fuerza. Margarita lo hacía a propósito, porque le gustaba despertarse y contemplar la colcha de su cama, y la pared, y hasta sus brazos, salpicados de cuadritos de luz que creaban una atmósfera cálida y un poco mágica.

Se levantó de la cama y se asomó al pasillo. Su hermano Adolfo no daba señales de vida, lo que significaba que aún estaría durmiendo a pierna suelta. Sin embargo, su madre ya se había levantado y se la oía trajinar en la cocina. Sin duda, estaba preparando el desayuno.

Entonces recordó algo y pensó que aquel era el mejor momento. Salió de su habitación sin hacer ruido y se dirigió al salón. Una vez allí, se acercó al mueble librería y abrió uno de los cajones. Dentro estaban los sobres, los sellos y un paquete de cuartillas, junto a un montón de cosas más. Cogió un sobre y un sello, cerró el cajón con cuidado y regresó a su cuarto. Su madre seguía en la cocina.

Se sentó frente a su escritorio, donde todos los días hacía los deberes del colegio, y metió la mano en su cartera. Buscaba el papel en el que Manolo, el profe de Lengua, había apuntado días atrás la dirección de Rocío, por si se decidía a escribirle. Ella recordaba esa dirección perfectamente, pues se la había aprendido de memoria desde el primer momento, sin proponérselo; pero no obstante quiso cerciorarse y, por eso, buscó el papel hasta encontrarlo.

Su memoria no le había fallado; sin embargo, leyó varias veces aquella dirección antes de escribirla en el sobre, con cuidado, para no equivocarse.

Rocío Mezgo
C/ Los Urces Altos, 20
Urbanización Los Arreboles del Oeste

Escribió también el remite y, cuando comprobó que todo estaba correcto, cerró el sobre y pegó el sello. Luego, guardó aquella carta con cuidado entre sus libros, dentro de su cartera, pues no quería que nadie la descubriese.

Salió después de su habitación. De la cocina llegaba un agradable olorcillo a tostadas.

Al pasar por delante del cuarto de baño, se dio cuenta de que se estaba haciendo pis. Abrió la puerta, pero se encontró dentro a su hermano Adolfo, sentado sobre la taza y lavándose los dientes al mismo tiempo. Había cogido esa costumbre.

–Recuerda que hoy tienes que jugar un rato conmigo –le dijo a Margarita nada más verla, a modo de buenos días. Y como habló con la boca llena de pasta dentífrica, le salpicó todo el pijama, además de manchar los azulejos de la pared, las baldosas del suelo y la puerta.

–¡Qué guarro eres! –le replicó Margarita antes de volver a cerrar.

Se fue al otro cuarto de baño y allí, con una toalla mojada, trató de limpiar las salpicaduras de pasta dentífrica que había en su pijama.

Fue en ese instante cuando le asaltó el primer recuerdo del día hacia su nueva amiga Rocío y hacia su hermano, que seguiría secuestrado. Era curioso: había escrito su dirección en el sobre, pero lo había hecho mecánicamente, sin pensar. Sin embargo, en el cuarto de baño había recuperado su recuerdo, y la culpa parecía tenerla su hermano. Sí: al ver a su propio hermano, había recordado al hermano de Rocío.

«¿Qué será mejor –pensaba–: tener un hermano pequeño, como Adolfo, siempre pensando en que juegues con él y que encima te salpica con pasta dentífrica, o tener un hermano mayor, como Jacobo, con quince años, al que seguro que le gustan cosas más interesantes que un ejército de guerreros de plástico? Sin duda, sería muchísimo mejor tener un hermano de quince años».

Pero Margarita acabó negando repetidas veces con la cabeza. ¿Para qué darle vueltas al asunto? Ya no tenía remedio, y supuso, para consolarse, que alguna ventaja tendría también un hermano pequeño y un poco plasta, como el suyo.

Desayunaron tostadas con mantequilla y mermelada de melocotón, que era la que más les gustaba, y un buen tazón de leche con cacao.

Margarita, mientras echaba un trago largo, miró a su madre por encima del tazón. La encontró pálida, con ojeras, triste... Pensó que habría pasado una mala noche.

—¿Te duele la cabeza? —le preguntó cuando terminó el largo trago de leche con cacao.

—No —respondió Cecilia—. Parece que hoy no me duele, aunque el dolor suele comenzar más tarde, a mediodía.

—Yo me encargaré de todo, mamá: recogeré la cocina, haré las camas, barreré... Tú descansa. Adolfo me ayudará, ¿verdad, Adolfo?

Adolfo tenía un gracioso bigote de cacao que casi le rodeaba la boca. Al oír a su hermana, se la quedó mirando con un poco de recelo y le preguntó:

–Pero luego jugaremos con...

–¡Que sí! –le cortó Margarita–. ¡Qué plasta eres! ¡Jugaremos por la tarde, después de comer! ¡Eso es lo que acordamos ayer!

Cecilia guardó el tostador de pan en un armario. Luego, miró a su hija.

–Prefiero que bajes a comprar el pan y el periódico, que ya sabes que papá está coleccionando no sé qué. Yo no tengo ganas de vestirme para salir a la calle.

Pensó Margarita que no podían salirle mejor las cosas. Bajaría a por el pan y el periódico y, de paso, echaría al buzón la carta de Rocío.

–¿Cuándo volverá papá? –preguntó a su madre.

–Supongo que por la noche.

–A lo mejor se aburre allí solo y regresa antes.

–A lo mejor.

–Ayer me dijo que las cosas iban a arreglarse muy pronto.

–Las cosas... –balbuceó Cecilia, como si hablase para sí.

Se vistió a toda velocidad y se dispuso a bajar cuanto antes. Si se daba prisa, Adolfo aún andaría por ahí, en pijama, y no podría acompañarla. Pidió dinero a su madre y, antes de salir de casa, entró en su habitación y cogió la carta. Luego, casi echó a correr.

Al salir al jardín de la urbanización, pensó que iba a encontrarse a Paco y Pacobís regando, pero enseguida recordó que era domingo. Atravesó la puerta de hierro con el arco de arizónicas y caminó deprisa por la acera hasta llegar al buzón de correos.

Miró a un lado y a otro. No había nadie por los alrededores. Se notaba que era domingo. La gente, o se había marchado de la ciudad, o se quedaba en la cama más de lo acostumbrado. Introdujo la carta por la ranura del buzón y la mantuvo unos segundos en esa posición, sin soltarla, como si no estuviese segura de lo que iba a hacer. Pensó en Rocío, en su amiga Rocío. Calculó el tiempo que tardaría en llegarle la carta.

«Hasta mañana lunes no recogerán la correspondencia del buzón. Lo harán temprano. Entonces… tal vez, como vivimos en la misma ciudad, Rocío reciba mi carta el martes, o el miércoles. Y si ella me escribe enseguida… yo recibiré su carta el jueves, o el viernes. Esos días tendré que estar muy atenta al buzón de casa».

Contó hasta tres y abrió los dedos de su mano. La carta cayó dentro del buzón.

Pasó por el quiosco y compró el periódico con el suplemento y el fascículo que coleccionaba su padre. Después se acercó a la panadería de Primi. Según decían sus padres, y ella misma había podido comprobarlo en más de una ocasión, Primi era un cotilla que se enteraba absolutamente de todo lo que pasaba en el barrio, y no solo se enteraba, sino que a continuación se dedicaba a pregonarlo tras el mostrador de su tienda.

–Dos barras –le pidió Margarita.

–¿Hoy no está tu padre? –le preguntó Primi–. Como te veo a ti con el periódico y siempre suele comprarlo él...

–No, no está –respondió Margarita con sequedad.

–¿Está de viaje? –insistió Primi, que jamás se daba por vencido.

–Está en el chalé de la sierra.

–¡Ah! ¿Y vosotros no vais con él?

–No –se limitó a responder Margarita, mientras esperaba el cambio que el panadero se demoraba en entregarle.

–Entonces, ¿está solo allí?

–Sí.

Primi sonrió con una pizca de malicia y, a continuación, cambió de gesto.

–Por cierto..., si queréis vender el chalé de la sierra, yo puedo ayudaros. Podemos poner un cartel en la puerta. La gente, al entrar, lo ve. Ya he vendido muchos pisos así, y plazas de garaje...

–Nosotros no vamos a vender el chalé.

–Ah, ¿no? Yo pensaba que, como tu padre está sin trabajo...

Margarita tuvo que arrebatarle la vuelta de la mano. Salió a toda prisa del establecimiento, hablando entre dientes:

—¡Si hubiese otra panadería cerca, no volvería a entrar en esta! ¡Mierda!

Pero Primi había conseguido su propósito, si es que tenía alguno, y Margarita regresó a su casa con una idea metida en la cabeza, una idea que, en cierto modo, le había sugerido con muy mala intención el panadero: su padre no estaba solo en el chalé de la sierra.

De pronto, sin poder evitarlo, había empezado a pensar en una mujer, una mujer que estaba con su padre y que no era su madre. Y, sorprendentemente, las cosas cobraron un sentido que hasta entonces no tenían. Ahora entendía por qué su padre se ausentaba a menudo e, incluso, no iba algunas noches a dormir a casa; ahora entendía también por qué su madre se mostraba deprimida, sin ganas de hacer nada, con un aspecto deplorable...

¿Sería posible? ¿Sería posible que el problema de su familia no fuese que su padre se hubiera quedado sin trabajo, sino que existiese otra mujer? Y, de ser cierto, ¿qué ocurriría en el futuro? Lo más probable sería que su padre se marchase de casa, y Adolfo y ella solo lo viesen de vez en cuando.

Margarita trató de borrar de su mente aquellos malos augurios, que empezaban a desasosegarla; pero los pensamientos no querían salir de su cabeza y, obstinados, se quedaban dentro.

Durante el resto de la mañana, y como había ofrecido a su madre, se dedicó a ayudarla. Eso sí: obligó a Adolfo a que participase en las tareas domésticas bajo amenazas de no jugar con sus guerreros de plástico.

Entre los dos hermanos hicieron las camas, fregaron los cacharros del desayuno y barrieron. Iban a limpiar el polvo, pero Cecilia se lo impidió.

–El polvo lo limpié ayer, así que ya está bien por hoy.

Aún quedaba tiempo para la hora de la comida. Recordó Margarita que muchos domingos, cuando no estaban en el chalé, salían a dar un paseo antes de comer y se tomaban un aperitivo en algún bar de los alrededores.

–¿Por qué no salimos a dar un paseo? –le preguntó a su madre.

–No tengo ganas –respondió Cecilia.

–¿Te duele otra vez la cabeza?

–No. Pero hoy no tengo ganas. Otro día daremos ese paseo.

Cecilia se sentó en una de las sillas de la cocina y se quedó mirando fijamente los armarios, pero su

vista no se centraba en nada, estaba como perdida, flotando. Margarita la observó un instante desde la puerta.

De nuevo volvían a asaltarla los mismos pensamientos. Era evidente que su madre no se encontraba bien. Por un lado estaba su aspecto físico: esa palidez, esas ojeras, esa sensación de cansancio y apatía, ese dolor de cabeza que aparecía cada dos por tres... Por otro lado estaba su forma de comportarse: había dejado prácticamente de hablarles, cuando solo unos días antes lo hacía a todas horas y, por cualquier motivo, les gritaba al borde de la histeria; ella, que jamás les había levantado la voz y que siempre se había mostrado como la más dulce y cariñosa de las madres.

Pensó que quizá debería acercársele y decirle que tenía trece años, que estaba en secundaria, que acababa de bajarle la primera regla y que, por tanto, ya era una mujer; y que podían hablar con toda confianza, y desahogarse...

Sin embargo, salió de la cocina corriendo y casi se chocó con su hermano. Esta vez no le dejó hablar:

–¡Te he dicho que jugaremos con los guerreros de plástico por la tarde! ¡No seas plasta!

9

La comida le resultó a Margarita silenciosa y extraña. Dos contestaciones secas de Cecilia al comienzo hicieron que Adolfo y ella no volvieran a abrir la boca.

Durante el tiempo que estuvieron a la mesa, su mirada solo recorrió el camino entre el plato y la pantalla del televisor, un televisor que, como siempre a esa hora, relataba noticias terribles de guerras y calamidades. Pero entre ese rosario de acontecimientos, no se dijo ni una sola palabra de Jacobo, el muchacho que permanecía varios días secuestrado.

A pesar de sus trece años, Margarita sabía que las noticias se desgastan cuando se repiten una y otra vez, y llega un momento en que la gente se vuelve indiferente e insensible a ellas, aunque se trate de la más terrible de las tragedias. Las noticias dejan también de interesar, como le ocurre a cualquier estúpido concurso o a cualquier serial acaramelado, y la televisión, que vive solo pendiente de la audiencia, deja de hablar de ellas. Es necesario encontrar nuevas muertes, nuevas violaciones, nuevos secuestros... En definitiva, nuevos horrores que mantengan al espectador atento a la pantalla.

Pensó Margarita que a partir de entonces no hablarían más de Jacobo hasta que fuese puesto en libertad o hasta que se cumpliese un tiempo determinado; por ejemplo, un mes, o cien días... Le era fácil imaginarse al locutor, tan trajeado y tan bien peinado, diciendo:

–Hoy se cumple un mes desde que el joven Jacobo Mezgo fue secuestrado por unos desconocidos...

O bien:

–Han pasado cien días desde que Jacobo Mezgo, el joven que fue secuestrado cuando se dirigía desde su casa al colegio...

Deseó con toda su alma no tener que escuchar algún día aquellos comentarios, porque esa sería la mejor señal de que Jacobo había recuperado la libertad. Dentro de un mes, o de cien días, hasta era posible que lo conociese en persona. ¿Por qué no? Si iba a ser amiga de su hermana Rocío, tendría que conocerlo a él también.

Entre los tres recogieron la mesa después de la comida y colocaron los cacharros dentro del lavavajillas. Adolfo no pudo aguantar más y trató de recordarle algo a su hermana. Pero ella, intuyendo lo que pretendía decirle, no le dejó hablar.

–Ahora tengo que hacer los deberes del colegio. Cuando termine, jugaremos.

–¿Y vas a tardar mucho?

–Creo que una hora.

–Te esperaré en mi cuarto.

Adolfo se marchó a su habitación y Margarita, antes de hacer lo mismo, observó cómo su madre bajaba las persianas del salón y se dejaba caer sobre el sofá, a oscuras, con la única iluminación del televisor encendido.

–¿Te duele la cabeza? –le preguntó preocupada.

–No.

–¿Y por qué te quedas a oscuras?

–Me molesta tanta luz.

De nuevo pensó que había llegado el momento de hablar con su madre. Por un lado, sentía un impulso que la animaba; pero al mismo tiempo, algo muy poderoso le hacía un nudo en la garganta.

	Se encerró en su cuarto y comenzó a hacer los deberes que tenía pendientes. No eran muchos. En veinte minutos los terminaría, pero había preferido decirle a su hermano que tardaría al menos una hora. De esa forma la dejaría en paz un rato y podría dedicarse a reflexionar.

¡Reflexionar! Era lo que más había hecho durante los últimos días. Reflexionar para tratar de esclarecer esa confusión enorme que se apoderaba cada vez más de ella.

Solo al cabo de una hora salió de su habitación y entró en la de su hermano. Adolfo, que aún no se había percatado de su presencia, estaba sentado a su mesa y escribía con atención algo en un papel. Margarita se acercó sigilosamente hasta él y le preguntó:

–¿Tú también haces los deberes?

–No –respondió Adolfo, sobresaltado, y de inmediato tapó con sus brazos el papel.

–¿Qué estabas escribiendo?

–Es un secreto.

–¿Es que vas a tener secretos con tu hermana?

A Margarita le había picado la curiosidad y deseaba ver lo que estaba escribiendo su hermano, que prácticamente acababa de aprender a hacerlo con un poco de soltura.

–Me advirtió papá que no se lo dijera a nadie –contestó Adolfo con seguridad.

–¿Papá? –se extrañó Margarita.

–Sí.

La curiosidad de Margarita creció hasta el punto de que en aquel mismo instante se prometió no marcharse de la habitación de su hermano sin saber lo que estaba escribiendo. Se valió de todos los métodos de persuasión posible.

–Jugaré contigo dos horas.

–No.

–Tres horas.

–No.

–Toda la tarde.

–No.

Debía de ser algo importante para que Adolfo se mostrase tan testarudo. Margarita cambió de táctica.

–¡Ten hermanos para esto! –se lamentó–. Yo confié en ti cuando quisiste acompañarme al cuarto de las ratas, en el chalé de la sierra. Y, sin embargo, tú...

–Eso no tiene nada que ver.

–El cuarto de las ratas era mi secreto, y a mí no me importó compartirlo contigo.

Las últimas palabras de Margarita parecieron conmover un poco a Adolfo.

–Tienes que prometerme una cosa.

–¿El qué?

–Que no se lo dirás a nadie.

–Lo prometo.

Entonces Adolfo retiró sus brazos, cogió el papel en el que estaba escribiendo y se lo tendió a su hermana.

Margarita leyó muy despacio las palabras escritas en aquel papel. No podía creerlo. Por eso volvió a leerlas otra vez, y otra, y otra...

Señor Mezgo
C/ Los Urces Altos, 20
Urbanización Los Arreboles del Oeste

–¿Qué significa esto? –le preguntó al fin a su hermano.

–No lo sé.

–Y si no lo sabes, ¿por qué has escrito tantas veces esta dirección en el papel?

–Para que me saliese bien.

De pronto, una idea cruzó por la mente de Margarita.

–¿No habrás estado hurgando en mi cartera? –preguntó a su hermano en tono amenazador.

–No, te lo prometo.

–Y entonces, ¿quién te ha dado esa dirección que estabas escribiendo?

–Papá.

–¿Papá?

–Hace unos días, me dijo que escribiese en un sobre, más o menos hacia la mitad, lo que iba a decirme.

–¿Y que te dijo?

–Pues eso: Señor Mezgo. Calle Los Urces Altos, 20. Urbanización Los Arreboles del Oeste. Me dijo que

subrayase Los Arreboles del Oeste. Lo hice y, aunque él me dijo que me había salido muy bien, yo no estaba contento porque me había torcido mucho y unas letras me salieron más grandes que otras. Es que como en el sobre no había cuadrículas...

–¿Y para qué te mandó escribirlo?

–No lo sé. Me advirtió que no se lo dijera a nadie, ni siquiera a ti.

Adolfo bajó la mirada, sin duda apesadumbrado por haber incumplido la promesa que le había hecho a su padre.

–Y ahora, ¿por qué estabas escribiéndolo en este papel? –Margarita quería recomponer aquel extraño rompecabezas.

–Para practicar. Yo me aprendí esas palabras de memoria y las escribo de vez en cuando para practicar, por si otro día papá me dice que las vuelva a escribir en un sobre. Entonces, seguro que me salen muy bien, con todas las letras iguales y sin torcerme nada.

–¿Te dijo papá que otro día volvería a darte un sobre para que escribieses esas palabras?

–Me dijo que tal vez.

–¿Y cuándo ocurrió eso?

–No me acuerdo. Fue hace varios días. A lo mejor cuatro días, o cinco. No me acuerdo bien.

Margarita le devolvió el papel a su hermano y este abrió el cajón de su mesa y lo metió en el fondo, tapándolo con multitud de trastos.

–Es que no quiero que nadie lo vea –se justificó, y luego, mirando a su hermana y buscando el gesto más serio que su rostro era capaz de dibujar, añadió–: Lo que te he dicho tiene que ser un secreto entre nosotros.

–Sí –respondió mecánicamente Margarita.

–Como lo del cuarto de las ratas.

–Sí.

–Y ahora vamos a jugar con mis guerreros de plástico.

Durante aquella batalla a garbanzazos, Margarita se sintió en otra parte. No sabía dónde, pero su mente estaba en otro lugar, un lugar indefinido y lleno de nubes. Y ella trataba de apartar las nubes a manotazos para ver un poco y así poder comprender lo que estaba pasando.

10

Jugaron con los guerreros de plástico durante varias horas. Margarita parecía ajena a todo. Colocaba en posición a sus guerreros y disparaba con los garbanzos cuando le tocaba el turno. Sin embargo, permanecía todo el tiempo como en otro mundo, fuera de la habitación, con la mente lejos de aquella peculiar batalla. Tuvo que ser Adolfo el que diese por finalizado el juego.

—Hoy sí que ha estado bien —dijo—. Hemos jugado por lo menos tres horas.

Margarita miró su reloj y se sorprendió de que hubiesen pasado tres horas.

Los dos hermanos se dirigieron juntos al salón, donde Cecilia seguía derrumbada sobre el sofá, adormilada.

—¿Te ha vuelto el dolor de cabeza? —le preguntó enseguida Margarita, con preocupación.

—No, hoy no —respondió la madre.

Adolfo había cogido el mando a distancia del televisor y pasaba de un canal a otro sin detenerse en ninguno.

–Tengo hambre –dijo–. Quiero merendar.

Cecilia se incorporó cansinamente.

–Si quieres, preparo yo la merienda –le comentó su hija.

–Te he dicho que estoy bien –fue la respuesta de Cecilia.

Margarita aprovechó la ausencia de su madre y levantó las persianas del salón para que entrase un poco de claridad, pues el ambiente que allí se respiraba le resultaba agobiante. Luego, se sentó en uno de los sillones. Adolfo había detenido su búsqueda televisiva y miraba con atención unos dibujos animados en los que unos personajes arrojaban constantemente bombas a otros, que saltaban por los aires.

Margarita se quedó mirando un instante a uno de aquellos personajes, completamente despedazado.

–¡Quita eso! –le dijo a su hermano.

–Si son dibujos –se sorprendió él.

–¡Que lo quites!

–A mí me gustan.

Desistió de seguir discutiendo con su hermano y se dio la vuelta para quedarse de espaldas al televisor. Y, sin quererlo, la pregunta que se había repetido obsesivamente durante las últimas tres horas volvió a aparecer en su mente: ¿por qué su padre había escrito al padre de Rocío? Resultaba evidente que le había escrito, y si no, ¿por qué le había pedido a Adolfo que con su letra insegura pusiese la dirección en un sobre?

Multitud de ideas cruzaban por su cabeza. Pensaba que tal vez a su padre, aunque no quería reconocerlo, también le había afectado mucho el secuestro de Jacobo y había querido escribir una carta de solidaridad a la familia, algo parecido a lo que ella misma había hecho con Rocío. Pero, si había actuado de esa forma, ¿por qué se había irritado tanto cuando le había mencionado la posibilidad de escribir a Rocío?

Pensaba también que a lo mejor su padre había encontrado alguna pista de Jacobo. Los primeros días, habían dicho por la televisión que si alguien tenía una pista podía dirigirse a la familia, o a la policía. Hablaron incluso de una recompensa millonaria que la familia estaba dispuesta a dar. Tal vez su padre le había dicho que las cosas se iban a arreglar porque esperaba cobrar esa recompensa. Pero esta suposición tampoco tenía consistencia y estaba llena de contradicciones.

Llegó incluso a pensar Margarita que su padre se había dirigido al de Rocío para pedirle trabajo. Decían las noticias que el señor Mezgo era un importante industrial, dueño de varias empresas. Quizá su padre le había escrito para decirle que él podía trabajar en alguna de sus empresas.

Ninguno de sus pensamientos la convencía; además, todos chocaban con un hecho desconcertante: que Eduardo hubiese mandado a su hijo de siete años escribir la dirección en aquel sobre. ¿Por qué no lo había hecho él mismo? Parecía como si quisiera que no lo identificasen.

Regresó Cecilia con dos bocadillos. Uno se lo dio a Adolfo y otro a Margarita. Miró de reojo hacia las ventanas y se dejó caer de nuevo sobre el sofá.

–¿Por qué no salimos a dar un paseo como otros días? –preguntó entonces Margarita.

–¡Sí! –gritó Adolfo, al que le agradaba mucho la idea de su hermana–. Yo también quiero dar un paseo.

–Hoy no –respondió Cecilia–. No tengo ganas de salir y, además, papá dijo que llamaría por la tarde.

Se comieron el bocadillo resignados. Sin duda, aquel fin de semana iba a ser uno de los más aburridos de sus vidas. Tras el bocadillo, estuvieron viendo un poco la televisión, pero esta les cansó enseguida: o bien no encontraron nada interesante, o su estado de ánimo, un poco decaído por el prolongado encierro, les hacía no encontrar atractivo ningún programa.

Una hora después, Cecilia continuaba en el salón, sola, en el mismo sitio. No había vuelto a bajar las persianas porque ya empezaba a anochecer.

Adolfo estaba en su habitación. Había decidido leer un libro de dinosaurios que le habían regalado

hacía poco. Venían dibujos preciosos y muy grandes de cada dinosaurio, en color, y debajo ponía su nombre, que a veces era muy raro, y algunas cosas de su vida y costumbres.

Margarita también estaba en su cuarto, pero sin hacer nada, ya que no podía concentrarse en ninguna cosa. Seguía obsesionada con las mismas preguntas. De vez en cuando había comenzado a asomarse a su mente una respuesta, pero era una respuesta terrible, una respuesta que ella misma apartaba al instante, horrorizada.

Pensaba también que era absurdo que las tres personas que se encontraban en la casa en esos momentos, una madre y sus dos hijos, estuviesen como estaban ellos, cada uno en una habitación, aburriéndose por separado, sin hablarse, sin hacerse siquiera un poco de compañía.

Además de absurda, era una situación nueva, porque nunca antes les había ocurrido.

De pronto, comenzó a sonar el teléfono. Recordó Margarita que su madre le había dicho que estaba esperando una llamada de su padre. Sí, tenía que ser él. Salió de su habitación despacio y se acercó hasta la puerta del salón, pero no entró, y desde el pasillo escuchó lo que su madre decía, a pesar de que hablaba en voz baja:

–¿Cómo quieres que esté? Tengo los nervios destrozados. (...) No, los niños no están aquí. Están en sus habitaciones. (...) Eduardo, si esto no acaba pronto... (...) Sí, sí, lo sé, lo sé. (...) ¿Ha llegado ya Ovidio? (...) ¿A qué hora volverás entonces? (...) No, te esperaré levantada. (...) Tened mucho cuidado, por favor. (...) Adiós.

Margarita esperó a que su madre colgase el teléfono y luego entró en el salón. Cecilia se sobresaltó al verla.

–¿Qué haces ahí?

–Nada.

–¿Estabas espiándome? –y la pregunta de la madre parecía más una amenaza.

–¿Por qué dices eso? Yo... me he cansado de estar en mi cuarto y he decidido venir al salón. Es que estoy aburrida y no sé qué hacer. Como no hemos salido en todo el día...

–Ahora mismo os preparo la cena. Cenáis y a la cama. Así se te pasará el aburrimiento.

Margarita se sentó en un sillón y observó a su madre. Últimamente no hacía otra cosa más que observarla, y es que la encontraba tan distinta que le parecía imposible que fuese su propia madre.

–¿Era papá? –se atrevió a preguntar al cabo de un rato.

–Sí.

–¿Vuelve ya?

–No; aún tardará.

La voluntad de Cecilia se cumplió al pie de la letra, y Margarita y Adolfo, después de cenar, se fueron a la cama.

—¿Tú no te acuestas? —preguntó Margarita a su madre.

—No tengo sueño. Esperaré levantada a papá.

Pensó Margarita que era natural que su madre no tuviese sueño, ya que se había pasado el día entero dormitando en el sofá. Entonces ella también se hizo el firme propósito de esperar despierta a su padre. No, no iba a dormirse hasta que él llegase. Se metería en la cama, pero estaba segura de que no iba a dormirse.

Y, la verdad, no le resultó difícil permanecer despierta, ya que se encontraba en un estado muy distinto al habitual. Se sentía inquieta, preocupada, confusa y, sobre todo, desconcertada. ¿Quién podría dormir en esas condiciones?

Margarita perdió la noción del tiempo, pero estaba segura de que habían pasado varias horas desde que se había acostado. Su padre aún no había regresado y su madre continuaba en el salón, con la tele puesta. Podía oír su sonido, a pesar de que el volumen estaba muy bajo.

Daba vueltas y más vueltas en la cama, y las sábanas parecían un amasijo de tela de tan retorcidas como estaban.

No sabía por qué, pero había comenzado a ponerse nerviosa, como no recordaba haberlo estado en su vida. Sudaba, a pesar de que no hacía calor, y sentía los latidos acelerados de su corazón sin necesidad de tomarse el pulso. Y la culpa de su crispación la tenía esa maldita idea que volvía una y otra vez, a pesar de que ella cerraba los ojos y se tapaba los oídos para que no pudiese entrar en su mente. Lo malo era que esa idea ya estaba dentro de su cabeza.

Sí, toda la culpa la tenía esa maldita idea, que a ella se le antojaba descabellada e imposible, pero que resultaba de una lógica aplastante, demoledora, terrible, que erizaba todo el vello de su cuerpo.

Trató de calmarse de todas las maneras posibles. Se tumbó boca arriba y respiró profundamente, aflojando los músculos, tal y como les enseñaba la entrenadora de baloncesto. Se levantó de la cama y paseó por la habitación en penumbra. Se asomó por las ranuras de la persiana echada y observó el jardín desierto de la urbanización.

«¡Vete! ¡Vete!», le decía. Pero la idea era testaruda y no se apartaba de su mente.

Encendió la luz de la mesilla unos segundos, lo justo para ver la hora. Ya eran las dos de la mañana.

«No me dormiré hasta que llegue», pensó, y cerraba los puños para dar más fuerza a sus decisiones.

Eduardo llegó aproximadamente un cuarto de hora después. Margarita escuchó con nitidez la cerradura de la puerta y los pasos de su madre corriendo por el pasillo. Luego, la voz de ella, visiblemente alterada:

–¿Cómo has tardado tanto? ¿Ha ocurrido algo?

–Tranquila, tranquila... Todo está en orden. ¿Y los niños?

–Hace tiempo que duermen.

–Vamos al salón.

Sintió cómo su padre y su madre atravesaban el pasillo y entraban en el salón. Ahora no podría oírlos, a pesar de que las puertas estaban abiertas. Pero Margarita estaba dispuesta a descubrir la verdad por encima de todo y sabía que esa verdad estaba al alcance de su mano, a solo unos pocos metros de distancia.

Se levantó con cuidado de la cama y, descalza para hacer menos ruido, se deslizó hacia el pasillo. Luego, pegada a la pared, avanzó hasta la puerta doble del salón. La televisión seguía encendida y sus padres hablaban en voz baja, pero ella estaba muy cerca y podía oír su conversación.

–Te aseguro que todo está saliendo bien, tal y como habíamos planeado. No hay ningún problema.

–Estoy muy asustada. Los nervios se apoderan de mí y me convierten en otra mujer. No puedo evitarlo. Hasta los niños lo han notado.

–Todo acabará muy pronto. Ya tenemos una respuesta de la familia: están dispuestos a pagar el rescate y aceptan todas nuestras condiciones.

–¿Y el muchacho...?

–Está bien. Yo creo que se ha dado cuenta de que no vamos a hacerle daño y está más tranquilo.

–Pero no le dejaréis solo.

–Ovidio no se mueve de allí hasta que llego yo.

–No lo habréis sacado al jardín... Tal vez alguien pudiera verlo y reconocerlo. No olvides que su fotografía se ha difundido por todas partes, y si alguien...

–Tranquila, tranquila. El muchacho no ha salido ni un instante de la bodega, o del cuarto de las ratas, como dicen los niños.

–¡Oh! ¡Tengo tanto miedo!

–Todo va a terminar pronto.

–Eso espero, porque, de lo contrario, mis nervios me harán estallar.

–Tranquilízate.

Margarita sintió que una nube extraña, muy negra y muy densa, quería apoderarse de su cerebro. No sabía cómo, pero ya se había metido en su cabeza y comenzaba a difuminar todas sus ideas y todos sus pensamientos. De pronto, las piernas le temblaban, y todo su cuerpo empezó a debilitarse de forma misteriosa. No podría sostenerse mucho tiempo de pie.

Con la espalda apoyada en la pared para no caerse desplomada al suelo, regresó a su habitación. Casi había dejado de percibir su propio cuerpo. Se agarró a la puerta, vislumbró la cama con las sábanas arrugadas y se dejó caer sobre ella como un saco lleno de tierra.

Durante unos minutos pensó que perdería definitivamente el conocimiento y que tal vez no lo recobrase nunca más porque iba a morirse de pena. Pero una chispa de consciencia se aferró dentro de su cerebro y peleó a brazo partido contra la nube negra que quería envolverlo todo. Y cuando la consciencia triunfó definitivamente, Margarita comenzó a llorar en silencio, y sus lágrimas eran como un chaparrón de tristeza que empapaba las sábanas retorcidas de su cama.

11

A PESAR DE QUE LA PERSIANA de su habitación fragmentó, como de costumbre, los primeros rayos de sol en multitud de cuadritos brillantes que se desparramaban por todas partes, Margarita, que había permanecido toda la noche despierta, estaba convencida de que a partir de ese día, o mejor, de aquella noche, nada iba a volver a ser como antes.

No dio tiempo a que su madre entrase a despertarla y rápidamente se levantó de la cama. Enrolló la persiana y abrió la ventana de par en par. Miró las sábanas húmedas y pensó en la cantidad de amargura que había quedado impregnada en aquellos rodales. Tuvo la sensación de que, con aquel río de lágrimas, muchas cosas habían salido de su cuerpo, cosas que a lo mejor deberían haber salido despacio, poco a poco, y que sin embargo lo habían hecho de golpe, en una convulsión terrible.

Hizo la cama a toda prisa, para que nadie pudiese ver las huellas de la desolación. Estaba terminando de alisar la colcha cuando su madre entró en el cuarto.

–¡Ah! ¡Ya te has levantado! ¡Qué madrugadora! –se sorprendió.

–Sí –respondió Margarita sin volverse.

Cecilia salió, pero volvió a asomar la cabeza al instante, como si hubiera olvidado algo elemental.

–Buenos días, hija –dijo.

–Buenos días.

Margarita se dirigió al primer cuarto de baño, pero Adolfo ya había tomado posiciones y, sentado en la taza del retrete, se cepillaba los dientes. Al ver a su hermana, quiso explicarle lo que estaba pensando, relativo, con toda probabilidad, a sus guerreros de plástico; pero se quedó mirándola fijamente, como si algo le hubiese llamado la atención.

–¿Qué te pasa? –le preguntó.

–Nada.

–Tienes los ojos colorados, como si...

Margarita no le dejó terminar. Cerró la puerta y se dirigió al otro cuarto de baño. Cerró por dentro. Luego se miró detenidamente en el espejo.

Sí, aquella era su cara, no cabía la menor duda, a pesar de esos ojos abultados y enrojecidos, a pesar de ese rictus que expresaba al mismo tiempo sufrimiento y temor. Se quitó el pijama y, durante unos segundos, se quedó contemplando el cuerpo que el espejo le mostraba. Era el cuerpo de una mujer, con sus formas recién estrenadas; una mujer de trece años a la que acababa de bajarle la primera regla, estudiante de secundaria, jugadora de baloncesto en el equipo de su colegio... En ese instante sintió cómo algo invisible salía de su cuerpo y la abandonaba definitivamente: era su propia infancia.

Se metió en la bañera. Abrió la ducha al máximo y dejó que el agua tibia recorriese su cabeza y su cara, su cuerpo entero. Así permaneció mucho rato, hasta que su madre golpeó con los nudillos en la puerta.

–¡Quieres salir de una vez!

Desayunaron los tres en la cocina. Eduardo seguía en la cama porque, según les había explicado su madre, había regresado muy tarde a casa.

–Lo veréis a la hora de la comida.

–¿Hoy no tiene que ir al chalé? –preguntó Adolfo.

–Sí, creo que sí, pero se irá por la tarde.

Entonces Cecilia se quedó mirando fijamente a su hija y descubrió algo extraño en su rostro.

–¿Qué te ha pasado en los ojos? –le preguntó.

–Nada.

–Los tienes enrojecidos.

—Es que... me ha entrado jabón cuando me estaba duchando.

Adolfo, que bebía en esos instantes de su tazón leche con cacao, miró a su hermana de reojo. Sabía que ella estaba mintiendo, porque él la había visto antes de que se duchase y ya tenía los ojos así. Pero no dijo nada.

—Te echaré una gota de colirio.

—No necesito nada. Se me pasará.

Bajaron juntos las escaleras hasta el portal. Fue entonces cuando Adolfo se atrevió a decírselo:

—Yo sé que los ojos no te los ha enrojecido el jabón mientras te duchabas.

—Bueno, ¿y qué?

—Pues que no he querido decir nada a mamá. Te he guardado el secreto, y ahora tú tienes que guardar el mío.

En ese instante sintió Margarita una sensación de rabia que le recorría todo el cuerpo. Su padre había tenido que advertir seriamente a Adolfo para que se mostrase tan preocupado. Pero ¿por qué había tenido que utilizar a Adolfo? ¿Por qué se tenía que haber aprovechado de la inocencia de un niño, de su propio hijo?

Sí, claro, había una explicación lógica: la letra de un niño que está aprendiendo a escribir no dejaba ninguna pista. Ella recordaba algunas películas en las que la policía encontraba al culpable gracias a la letra de una carta, o por una máquina de escribir que había sido usada para redactar algún mensaje. Utilizar a un niño era perfecto. Pero ¿cómo una persona puede utilizar a su propio hijo, con siete años recién cumplidos, para algo tan repugnante?

Cogió a Adolfo de la mano y salieron al jardín de la urbanización. Paco recortaba un seto de aligustres y Pacobís recogía del suelo papeles y bolsas de plástico y los metía en una especie de bidón.
—¡Paco! ¡Pacobís! —gritó Adolfo al verlos.
—Hola, pareja. ¿Queréis que os arregle el pelo? —y Paco les mostró las tijeras de podar con las que recortaba el seto.
—¿No vais a regar hoy?
—Cuando recojamos todas las guarrerías que habéis tirado por el césped —Pacobís le mostró una lata de refresco espachurrada antes de echarla al bidón.
—Nosotros no hemos sido —se disculpó Adolfo—. Este fin de semana no hemos salido de casa.
—No sé, no sé... —bromeó Pacobís—. Tienes cara de pillo.
—¡Nuestros padres nos han enseñado a echar los papeles en la papelera! —Adolfo, que se había tomado en serio las palabras de Pacobís, no quería dejarse avasallar.

–Si todos los padres enseñasen de ese modo a sus hijos, nosotros no tendríamos que trabajar tanto –Paco se puso muy serio para decir estas palabras.

Margarita tiró del brazo de su hermano y reanudaron la marcha.

–¡Eh, chavala! –la llamó Pacobís–. Estás muy seria hoy.

Pero Margarita no se volvió. Pensaba en las últimas palabras de Adolfo. Era cierto que sus padres, desde muy pequeños, les habían enseñado a no tirar los papeles al suelo. Y les habían enseñado también muchas otras cosas. Les habían dicho: «Esto es bueno y esto es malo». Y ellos sabían que no los engañaban y que lo que les decían que era bueno lo era de verdad,

y lo mismo pasaba con lo que era malo. Y les enseñaban todo con cariño, con mucho cariño; por eso ellos lo aprendían y no lo olvidaban nunca.

Carmina levantaba el cierre metálico que protegía la puerta de cristal del estanco.

–¿Vais al colegio? –les preguntó al verlos.

–Claro –respondió Adolfo.

Carmina reparó en Margarita y, mientras recogía del suelo el enorme candado del cierre, le dijo:

–Te encuentro muy seria hoy. ¿Te ocurre algo?

–No.

–Será que es lunes.

–Sí –trató de sonreír Margarita.
–No te olvides de una cosa.
–¿De qué?
–Avísame cuando juegues el próximo partido de baloncesto. Quiero ir a verte y aplaudirte cuando encestes. Supongo que no te dará corte que aplauda cuando encestes.
–Eso no.

¡Todo parecía tan normal!
Para los jardineros, para la estanquera, aquel lunes no era diferente de cualquier otro lunes del año, y por eso ellos hacían las mismas cosas de siempre. Sin embargo, para Margarita aquel lunes era distinto a todos los días de su vida, e intuía que precisamente desde aquel lunes su vida no volvería a ser como había sido hasta entonces.

Sentía dentro de su cuerpo un desgarro muy fuerte, terrible, que le había llegado hasta lo más profundo de su ser y que había dividido sin piedad su vida en dos mitades; y una parte estaba antes del desgarrón, y la otra, la que ahora empezaba, estaba después.

Estuvo ausente durante toda la mañana, y ni siquiera Manolo, el dinámico profesor de Lengua, consiguió sacarla de su ensimismamiento. Su mente se encontraba muy lejos, en ningún sitio concreto, pero muy lejos; tal vez en medio de un mar sin principio ni fin, o de un abismo sin fondo, o de un desierto inabarcable, o del universo infinito... Y ella se sentía completamente sola, perdida, desamparada...

Pero el lunes se empeñó en ser como todos los lunes, por eso regresaron a casa a mediodía. Comieron los cuatro juntos, sin hablarse, sin mirarse siquiera, con el ruido de fondo del televisor desgranando los horrores del planeta Tierra a la hora de las noticias.

Y, tras la comida, Adolfo y ella regresaron al colegio para cumplir el horario de tarde, cogidos de la mano.

El colegio estaba muy cerca de casa, apenas un paseo agradable bajo los árboles que daban sombra a la amplia acera jalonada de bancos de madera. Margarita apretaba la mano de su hermano para sentirla entre las suyas, la mano inocente que había escrito con su letra recién estrenada la dirección de la familia de su amiga Rocío en aquel sobre.

¡Rocío! ¿Cuánto tiempo podría seguir llamándola «amiga»?

Sí, el lunes quería ser como todos los lunes y transcurría con indiferencia, como si nada hubiera pasado. ¿Qué le importaba a un lunes que el mundo entero se hubiese derrumbado de pronto sobre una indefensa mujer de trece años?

12

Margarita y Adolfo merendaban en la cocina, solos, pues sus padres se habían refugiado en el salón, donde otra vez hablaban en voz baja.

Margarita se quedó mirando fijamente a su hermano.

–Tú eres mi hermano, mi único hermano, y eso ya no tiene remedio.

Adolfo la miró con un gesto de extrañeza.

–No te entiendo.

–Quiero decir que nosotros seremos hermanos siempre.

–Pues claro.

–Yo te quiero mucho. Muchísimo. Y te querré siempre, pase lo que pase.

Adolfo se sorprendió por aquel arrebato de cariño que de pronto le demostraba su hermana. No estaba acostumbrado y se sintió un poco conmovido.

–Yo a ti también te quiero, Marga. Mucho. O, mejor dicho, muchísimo.

–¿Y me querrás siempre?

–Sí.

–¿Pase lo que pase?

–Que sí, te lo aseguro.

Margarita sonrió a Adolfo y este, como para confirmar sus palabras, se abalanzó sobre su hermana y, sin soltar el bocadillo, se abrazó a su cuello y la besó con fuerza. Su pelo se llenó de migas de pan y sus mejillas de saliva con sabor a mortadela.

Adolfo terminó enseguida el bocadillo; era la mejor prueba de que tenía hambre, y con el estómago lleno, satisfecho, se sacudió las manos y se marchó a su cuarto, donde quería continuar la lectura de aquel libro lleno de dinosaurios que tanto le estaba gustando.

Margarita se quedó sola en la cocina y, al contrario que su hermano, con el bocadillo casi intacto. Ella no tenía hambre, no sentía la más mínima necesidad de comer.

Al cabo de unos minutos, sus padres entraron en la cocina. Eduardo cogió una bolsa de plástico con latas de comida, por la que asomaba una barra de pan. Margarita ni siquiera lo miró un instante; su vista recorría una y otra vez la superficie de la mesa sobre la que descansaba su merienda. Quizá ese silencio obstinado de Margarita obligó a Eduardo a pronunciar unas palabras que parecieron innecesarias:

–Me voy al chalé. Ya te expliqué el otro día que necesitaba estar solo... ¿Lo recuerdas?

Entonces Margarita se puso de pie, bruscamente, y se encaró a su padre.

–Voy contigo –le dijo.

Eduardo se sintió un poco confundido, pero reaccionó enseguida.

–Otro día iremos todos juntos.

–¡Yo también necesito estar sola! –alzó la voz Margarita–. ¡Yo también necesito que mis ideas se aclaren dentro de mi cabeza!

–Muy pronto iremos todos juntos. Te lo prometo –insistió Eduardo.

–¡No! Quiero ir ahora, contigo.

–Yo no regresaré hasta mañana y tú tienes que ir al colegio.

–No pasará nada porque falte un día. Llevo bien el curso, aprobaré de todas maneras.

–¡No irás! –Cecilia quiso zanjar la polémica.

–¡Sí iré! –Margarita insistía, cada vez más alterada–. ¡Quiero pasear por el jardín! ¡Quiero recorrer las habitaciones vacías! ¡Quiero bajar al cuarto de las ratas!

–¡No digas más tonterías! –estalló Eduardo.

–¡No estoy diciendo ninguna tontería! ¡Quiero bajar al cuarto de las ratas! ¡Quiero bajar al cuarto de las ratas! ¿Me oyes? ¡Quiero bajar al cuarto de las ratas!

–¡Cállate ya! ¡No te he pegado en la vida, pero estás haciendo méritos suficientes para que te dé una bofetada!

–¡Pégame si quieres! ¡Mátame si quieres! ¡No me importa! ¡Es lo mejor que podría pasarme!

Cecilia y Eduardo se miraron confundidos y un poco asustados por la reacción, que consideraban desmesurada, de su hija. ¿Qué le estaba ocurriendo para comportarse de aquella manera? ¿Por qué gritaba como una loca? ¿Por qué un torrente de lágrimas había comenzado a precipitarse por sus mejillas?

Eduardo dejó la bolsa de plástico en el suelo, se acercó a Margarita y comenzó a acariciarle el pelo.

–¿Qué te ocurre?

–Quiero ir al chalé de la sierra contigo –la voz de Margarita se rompía constantemente por el llanto.

–Otro día...

–No, no puedo esperar. Tengo que ir hoy, sin falta.

–¿Por qué hoy?

Eduardo, sin duda, no esperaba las palabras que su hija iba a pronunciar a continuación.

–Quiero bajar al cuarto de las ratas y liberar a Jacobo, el hermano de mi amiga Rocío.

Aterrorizado, Eduardo se apartó bruscamente de su hija. La miró con los ojos exageradamente abiertos y luego buscó a Cecilia. Los dos estaban desconcertados, sin saber qué decir ni cómo reaccionar.

—¡Te has vuelto loca! —gritó Eduardo, solo porque no podía soportar ni un segundo más aquel silencio.

—¡Me gustaría estar loca de remate! —lloraba Margarita desconsolada—. ¡Pero no lo estoy!

—Entonces... ¿a qué vienen esas palabras?

—¡Lo sé todo!

Y las últimas palabras de Margarita fueron pronunciadas con tanta contundencia que sus padres, de repente, se sintieron desarmados y derrotados por su propia hija.

—¿Qué pasa?

Adolfo había acudido a la cocina y, desde la puerta, contemplaba la escena sin comprender absolutamente nada, pero intuyendo que algo muy grave estaba sucediendo. Eduardo se volvió hacia él, se agachó a su lado y le suplicó:

—Vete a tu habitación. Sigue leyendo ese libro que tanto te gusta. No pasa nada. Pero nosotros tenemos que hablar de un asunto muy importante ahora mismo.

Y era tal la expresión del rostro de Eduardo que su hijo no rechistó y, obediente, se encerró en su cuarto y comenzó a leer aquel libro lleno de dinosaurios. Aunque su mente no retenía nada de lo que leía.

Eduardo comprendió enseguida que tenía que cambiar de estrategia con respecto a su hija. Ella lo sabía todo, y tenía ya trece años. «¡Una mujercita!», como a él mismo le gustaba decir. No podía decirle lo mismo que a Adolfo: que se fuese a su cuarto y se entretuviera con cualquier cosa. Y la única solución que creía posible era que ella lo comprendiese todo; es decir, que comprendiese los motivos que habían impulsado a sus padres. Pero el problema que tenía Eduardo en esos momentos era que no sabía por dónde empezar.

Negó con la cabeza varias veces, resopló y dirigió su mirada a Margarita, pero sin querer buscar sus ojos.

–No sé si tú sabrás que la familia Mezgo tiene mucho dinero –comenzó a hablar, como si estuviese recitando una lección bien aprendida–. Muchísimo más del que te puedas imaginar. El señor Mezgo es dueño de varias empresas importantes. Supongo que te fijarías en la casa que salió en el reportaje de la televisión; es un palacio.

–¿Y eso qué importa? –Margarita se tapaba las orejas con las manos, en un gesto claro que indicaba su deseo de no escuchar aquellas razones.

–Quiero que sepas otra cosa –continuó Eduardo, cambiando de tono–. Es algo muy importante. Nunca se nos ha pasado por la imaginación hacer daño a Jacobo. ¡Nunca! ¡Te lo aseguro! Él se encuentra en perfecto estado.

–¿Os parece poco el daño que ya le habéis hecho? ¿Os olvidáis de que lo tenéis secuestrado desde hace días? ¿Eso no es hacer daño a una persona?

—No pretendo que apruebes lo que hemos hecho —Eduardo bajó la mirada, como si de repente se sintiese abochornado—. Solo espero que comprendas los motivos que nos han impulsado.

—¡No puedo!

—Tú ya eres una mujercita, tienes trece años, y puedes darte cuenta perfectamente de lo que yo estaba pasando, de lo que nuestra familia estaba pasando, desde el día en que me echaron del trabajo.

—No soy una mujercita: soy una mujer —le corrigió Margarita—. Y lo único que no sabía era qué podía hacer yo para ayudarte, además de darte todo mi cariño.

—He luchado toda la vida por conseguir una serie de cosas —continuó Eduardo—: una situación, un prestigio, una forma de vivir... ¡Toda la vida! Era poco mayor que tú cuando comencé a trabajar. Y esas cosas, escúchame bien, no las quería solo para mí; las quería también para mamá, y para Adolfo, y para ti.

—Pero podríamos vivir de otra forma. Nunca nos has preguntado a nosotros si nos importaría vivir de otra manera, en una casa más pequeña, sin el chalé de la sierra...

—¿Podríais renunciar a todo eso? —preguntó Eduardo.

—Claro que sí.

La respuesta de Margarita fue contundente, pero solo provocó en su padre una extraña risa, que se quebró en un instante.

Luego reaccionó.

—¡No puedo renunciar a nada! ¡No puedo! —Eduardo parecía hablar ahora para sí mismo—. ¿Con qué cara miraría a mis amigos, al resto de la familia...? ¿Con qué cara saldría cada mañana a la calle? ¡No podemos renunciar a lo que hemos conseguido con tanto esfuerzo! Mi vida se desmoronaría, se haría mil pedazos... ¿Es que no lo entiendes?

—No.

—Te diré otra cosa, Margarita —y Eduardo de nuevo adoptaba un tono de voz y unos modales distintos—. Es algo que debes tener muy claro: no creas que tus padres son unos delincuentes. Te aseguro que esto no se repetirá.

Margarita se quedó con la boca abierta solo de pensar que aquella situación podría volver a repetirse en el futuro.

De pronto se sintió completamente perdida, como una insignificante botella flotando en medio de un inmenso y embravecido océano. Se volvió hacia su madre, quizá en busca de una brizna de consuelo.

Y encontró el rostro de su madre desencajado, pálido, surcado de lágrimas que corrían hacia las comisuras de su boca, que rebasaban incluso sus labios y se precipitaban por la barbilla. Y encontró los ojos de su madre sumergidos en dos grutas tenebrosas, unos ojos que la estaban mirando fijamente.

—Mamá... —balbuceó.

Y Cecilia corrió hacia su hija y la abrazó con fuerza, con toda la fuerza que aún quedaba en su atormentado cuerpo.

–Mi niña...

Y sin separarse de la madre, hablándole casi al oído, Margarita desahogó su corazón:

–¿Por qué, mamá? ¿Por qué no me enseñasteis desde que era muy pequeña a ser mala? ¿Por qué no lo hicisteis? Entonces lo comprendería todo. Pero desde que nací me explicasteis lo que estaba bien y lo que estaba mal, y yo lo aprendí al pie de la letra y me sentía feliz por ello, porque sabía que todo lo que me enseñabais era por mi bien y que lo hacíais con cariño. Ahora ya no puedo cambiar, mamá. No me pidáis que cambie, porque no puedo.

–Mi niña... –Cecilia no tenía fuerzas ni para reaccionar ante las palabras de su hija.

–No puedo entender que vosotros hagáis lo contrario de lo que me habéis enseñado. Habría preferido que me enseñaseis a ser mala, muy mala...

Eduardo separó a las dos mujeres. Ninguna de las dos tenía fuerzas para resistirse. Luego, por primera vez, miró a su hija a los ojos.

–Ya no hay remedio –le dijo–. Es demasiado tarde para dar marcha atrás. Lo único que espero es que llegue un día en que comprendas los motivos que nos han impulsado a hacer lo que hemos hecho. Entonces podrás perdonarnos. Pero, mientras tanto, guardarás silencio absoluto. ¡Silencio absoluto! ¿Me has entendido? ¡Silencio absoluto!

Los ojos de Margarita se habían secado de repente. Y ella misma se dio cuenta de que había dejado de llorar. O bien se había agotado por completo el manantial de sus lágrimas, o bien ella, de pronto, se había vuelto fuerte, mucho más fuerte de lo que hasta entonces era.

–Nunca entenderé por qué los mayores decís unas cosas y hacéis lo contrario.

–Lo entenderás cuando tú también seas mayor.

–Entonces, espero no hacerme mayor nunca. Deseo seguir siendo toda la vida una mujer de trece años.

Margarita salió corriendo de la cocina y se encerró en su habitación.

13

A pesar de que era de día, había encendido el flexo de su mesa y llevaba al menos media hora acodada ante uno de sus blocs, abierto por la última página, en blanco. Nerviosa, mordisqueaba el extremo del bolígrafo. De repente, comenzó a escribir:

Querida Rocío:

Te aseguro que la cosa que más me gustaría del mundo sería poder seguir siendo tu amiga después de escribirte esta carta. Pero estoy segura de que será la última que te escriba y de que tú, después de leerla, no querrás saber nada de mí, ni de mis padres, ni de mi hermano.

Te explicaré en primer lugar el motivo. Bueno, más bien se lo explicaré a los policías esos que revisan la correspondencia que llega a tu casa, en busca de alguna pista.

Señores policías: Jacobo se encuentra en el chalé que mi familia tiene en la sierra (al final de la carta les pongo la dirección). Está encerrado en el cuarto de las ratas, que es una especie de sótano donde a mi hermano y a mí nos gustaba bajar cuando mis padres no estaban en casa. Nos daba un poco de miedo, porque crujen las escaleras, la bombilla está llena de telarañas, las cubas donde antiguamente había vino parecen gigantes durmiendo la siesta... Adolfo y yo nos imaginábamos que estábamos dentro de una película de misterio. Pero, claro, a unos policías como ustedes no les dará miedo bajar hasta allí. A Jacobo lo han secuestrado mis padres, y también un tal Ovidio, que no sé quién es.

Quizá, Rocío, no te creas lo que acabo de decir. Pero te aseguro que es verdad. Acabo de descubrirlo. Muy pronto, en cuanto esta carta llegue a tu casa, volverás a estar con tu hermano, te lo aseguro.

Me gustaría decirte una cosa más: mis padres no son malos, a pesar de lo que han hecho. Espero que me creas, aunque te resulte difícil.

Mi padre se quedó sin trabajo hace ya siete meses. Él era el jefe de ventas de una empresa muy importante y, cuando creía que le iban a nombrar director comercial, resultó que lo despidieron.

No sé si tú podrás comprender lo que significa una cosa así. Como tu padre es el dueño de muchas empresas, a él nunca podrán despedirlo. Pero te aseguro que es horrible buscar un trabajo y no encontrarlo. Yo me he dado cuenta ahora. No puedes imaginarte cómo le afectó a mi padre y, por tanto, a toda mi familia. Él se ha ido convirtiendo, poco a poco, en otra persona. Creo que por eso perdió la cabeza

e hizo lo que hizo, y arrastró a mi madre, que está aterrorizada.

Desde que era muy pequeña, mis padres me enseñaron y me dieron mucho cariño. Gracias a ellos aprendí las cosas que debo hacer y las que no debo hacer. Por eso ahora te escribo esta carta, porque ellos me han enseñado a distinguir entre lo justo y lo injusto, entre lo que está bien y lo que está mal. Y lo justo es que tu hermano vuelva contigo y con tus padres. De eso estoy completamente segura. Debe volver con vosotros, aunque quizá tampoco sea justo que tu padre tenga tanto dinero y otras personas no tengan nada.

Te pido perdón por lo que mis padres han hecho y te suplico que los ayudes. Tal vez mi ruego te parezca una desfachatez. Pero yo tengo que pedírtelo, porque creo que en este momento solo tú podrías ayudarlos. Antes de negarte, piensa que yo te he ayudado a ti devolviéndote a tu hermano.

Cuando alguien secuestra a una persona, va a la cárcel durante mucho tiempo, durante años... Hay un juicio, una sentencia... Yo no entiendo de eso, pero sé que mis padres irán a la cárcel por lo que han hecho. Por eso ahora te estoy pidiendo que los ayudes.

Creo que tú puedes hacer algo muy valioso por ellos. Habla con tu padre y convéncele de que mis padres no son unos delincuentes, ni siquiera unos secuestradores. Algo los ha trastornado durante los últimos meses. Es muy importante que tu padre lo sepa; él es un hombre muy importante y, si quiere, podrá conseguir que su condena sea corta. Pero antes tiene que perdonarlos. Si no los perdona, en el juicio tratará de hacerles todo el daño posible.

Por eso tienes que pedírselo a él, y también a tu madre; tú que eres su hija, porque a ti te quieren mucho y te harán caso. A pesar del dolor que os han causado, perdonadlos.

Hazme este favor, Rocío, aunque a partir de ahora no quieras seguir siendo mi amiga. Mis padres no lo volverán a hacer más. Quizá algún día, dentro de un tiempo, las cosas vuelvan a ser como eran antes y de nuevo nos sintamos una familia feliz; pero creo que sin tu ayuda no podremos conseguirlo. Por favor, Rocío, yo sé que eres muy buena y me ayudarás. Por favor, aunque no quieras ser amiga mía. Por favor...

Esto es lo que quería decirte, Rocío. No sé por qué, pero necesitaba escribirlo en estos papeles. Quizá para ver las cosas con más claridad, porque algo debe de tener eso de escribir lo que sientes y lo que te pasa. Lo escribes y tienes la sensación de entenderlo todo mejor.

No sé si voy a echar esta carta al buzón. Quizá la rompa en mil pedazos y me ponga una venda alrededor de los ojos, una venda que no me quitaré mientras viva. Estoy llena de confusión. Si te envío la carta, simplemente haré lo que mis padres me han enseñado que debo hacer. Y si no te la envío... ¿Por qué tengo que tomar una decisión tan cruel?

A pesar de todo, creo que tú y yo podríamos haber llegado a ser buenas amigas.

Margarita

La casa parecía desierta desde que Eduardo se había marchado al chalé de nuevo. Adolfo estaba desconcertado y había salido un par de veces de su habitación, pero había regresado enseguida, sin saber qué hacer, intuyendo que algo extraño estaba pasando.

Cecilia permanecía en la cocina, sentada sobre un taburete, con los brazos apoyados sobre la encimera y la cabeza desplomada sobre uno de sus hombros.

Margarita se detuvo junto a la puerta y asomó medio cuerpo por el vano.

–Mamá...

Cecilia alzó la cabeza despacio.

–¿Qué quieres?

–Podría haber una solución.

–¿A qué te refieres?

–Papá podría dejar en libertad a Jacobo esta noche, abandonarlo en la carretera, junto a una gasolinera, con los ojos vendados... Él pediría auxilio y en poco tiempo estaría con su familia. Y nosotros... Creo que nosotros podríamos olvidarlo. Dentro de unos meses, pensaríamos que se trató solo de una pesadilla...

Cecilia negó obstinadamente y, sin ánimos para responder a su hija, sepultó la cabeza entre sus brazos.

Entonces Margarita se dirigió al salón con decisión. Llevaba dos hojas de su bloc arrancadas y escritas por ambas caras. Abrió un cajón del mueble librería, sacó un sobre y un sello y volvió a cerrarlo. Luego, dobló las hojas con cuidado y las metió en el sobre, que cerró inmediatamente, como si mantenerlo abierto le diese miedo. Pegó el sello y se acercó a la mesa baja de cristal donde tenían el teléfono y en la que siempre había un bolígrafo a mano. Lo cogió y escribió una dirección que ya se sabía de memoria:

Rocío Mezgo
C/ Los Urces Altos, 20
Urbanización Los Arreboles del Oeste

Después dio la vuelta al sobre y escribió en el remite su propio nombre y domicilio.
Abandonó el salón. Se dirigía a la puerta de la calle cuando oyó una voz a su espalda.
–¿Adónde vas, Marga?
Adolfo se encontraba visiblemente asustado.
–A echar esta carta.
–¿Puedo ir contigo?
–Bueno.

Atravesaron el jardín, tan bien cuidado por Paco y Pacobís, y caminaron por la amplia acera que bordeaba su urbanización, esa acera salpicada de árboles frondosos que daban tan buena sombra a los bancos de madera.

Caminaban cogidos de la mano. Y no era preciso que Margarita aferrase a su hermano para que no echara a correr. En esta ocasión era el propio Adolfo el que apretaba y apretaba, intuyendo tal vez que no debía perder la mano cálida de su hermana.

Se detuvieron delante del buzón de correos.

Margarita miró a un lado y a otro. A esas horas de la tarde estaban prácticamente solos.

Alzó la mano e introdujo la mitad del sobre por la ranura del buzón. Y así lo mantuvo. Era la tercera vez en pocos días que repetía la misma operación.

Sintió un escalofrío que le recorrió todo el cuerpo, y luego un estremecimiento, y un ahogo, y una convulsión...

Después comenzó a sentir algo que no podía describir; era una cosa extraña que estaba dentro de ella, como una masa viscosa que poco a poco se iba volviendo sólida. De pronto, tuvo la convicción de que su cuerpo se había convertido en una estatua hecha de un material muy duro y de que nunca jamás podría volver a moverse.

Pero ella no era una estatua.

Ella era un ser humano lleno de vida.

Tenía que demostrarse a sí misma que no era una estatua, y solo había una forma de hacerlo: moviendo una parte de su cuerpo, aunque fuese una parte muy pequeña. Por eso, abrió los dedos de su mano.

–No soy una estatua –dijo en voz alta.

La carta se había deslizado hacia el interior del buzón.

No, no era una estatua, porque las estatuas no pueden abrir los dedos de sus manos. No era una estatua, a pesar de que las lágrimas se negaban a acudir a sus ojos. No era una estatua, porque sentía y razonaba.

–Pero me gustaría ser una estatua –le dijo a su hermano–, sobre todo por dentro.

–¿Qué? –preguntó Adolfo.

–Nada.

Y de la mano también, caminando muy despacio, como si no quisieran regresar, Margarita y Adolfo volvieron a su casa.

TE CUENTO QUE LUISA URIBE...

... amó los libros a primera vista y ahora no puede creer que tenga el privilegio de formar parte de su creación. Le encantan las historias, ya sean escritas o dibujadas, y cuando era pequeña se inventaba sus propios cuentos de medio párrafo y hacía retratos de su madre y de su hermana vestidas de princesas. Cuando no está dibujando o leyendo, habla con el gato y toma té.

Luisa Uribe nació en Bogotá, Colombia. Estudió Diseño Gráfico en la Universidad Nacional de Colombia y realizó una maestría en Arte y Diseño en la Universidad de Loughborough, en el Reino Unido. Desde 2004 ha trabajado como ilustradora para diversas editoriales y en 2015 fue seleccionada para el VI Catálogo Iberoamericano de Ilustración. Su trabajo ha sido nominado para el Premio Lápiz de Acero, el premio de diseño más importante de Colombia. En 2017 recibió el Premio India Catalina en la categoría de Mejor Directora de Arte por el programa de televisión *Josefina Super Megachef*.

TE CUENTO QUE ALFREDO GÓMEZ CERDÁ...

... piensa que una de las cosas más difíciles de la vida es tomar decisiones, sobre todo cuando pueden alterar el orden de nuestro día a día. Margarita va descubriendo cosas que no le gustan e, inevitablemente, se verá obligada a tomar una decisión. Tendrá que poner en un platillo de la balanza sus pensamientos y convicciones; y en el otro, su corazón y sus sentimientos. ¿Qué pesará más? El problema es que ella ha comprendido que la traición a sí misma es muy mala compañera.

Alfredo Gómez Cerdá es de Madrid y desde hace muchos años se sintió embrujado por la literatura infantil y juvenil. Ha publicado más de ciento veinte libros, por los que ha recibido importantes premios: Altea, El Barco de Vapor, ASSITEJ-España de teatro, Gran Angular, Ala Delta, Premio Hache... En 2008 le concedieron el Cervantes Chico y en 2009 el Nacional de Literatura Infantil y Juvenil.

Si te ha gustado este libro, visita

LITERATURASM·COM

Allí encontrarás:

- Un montón de libros.
- Juegos, descargables y vídeos.
- Concursos, sorteos y propuestas de eventos.

¡Y mucho más!

Para padres y profesores

- Noticias de actualidad, redes sociales y suscripción al boletín.
- Propuestas de animación a la lectura.
- Fichas de recursos didácticos y actividades.